CRYSTAL BUNKO
クリスタル文庫

水壬楓子

ミッション

ミッション

カバー&本文イラスト　道原かつみ

この土地を訪れるのは、ひさしぶりだった。

ローカル列車特有の揺れに身を任せたまま地方新聞を開くと、数日前、海岸に上がった死体についての続報が出ていた。

崖から海へ転落した三十才のホテル従業員。アルコール反応は出たが、事故か自殺か、あるいは殺人か――の判断はまだついていない。その、一般の目撃情報を求める記事だった。

彼は小さく息をついて、新聞を閉じた。

ガタン、ゴトン…と揺れの幅がだんだんと小さくなる。

キューッという鋭いブレーキの音。

到着を告げるアナウンスとともに、彼はゆっくりと立ち上がった――。

1

「――タツキさんっ！」

駅を出たとたん、真夏の太陽のような鮮やかな笑顔が達生《たつき》の視界を埋《う》めつくした。

「よかった…！　間に合って。俺、迎えに来たんだっ」

両手をふりながらバタバタと走りよってきたジーンズ姿の大柄な男が、達生の前で息を弾ませた。

思いがけないその姿に、息を飲んだまま、三瀬《みつせ》達生はしばらく声を失った。

「俊広《としひろ》……」

ようやく、あえぐようにつぶやく。

「ひさしぶりです、達生さん」

呆然とした達生の目に見つめられて、ちょっと照れたように俊広は短く刈り上げた髪をかいた。

最後に見た三年前よりもさらにひとまわりたくましくなったように思う。一八五は軽くあるだろう。中学時代からラグビー部で鍛えた身体は、引きしまった筋肉も腕や足の太さも、達生とは段違いに発達していた。

達生自身、それほど華奢《きゃしゃ》でも小さくもなかったが、目の前にぬっと立ちはだかる男の前ではいくぶんほっそりと見える。

それでも俊広の笑顔は昔と同じ……、ほんの小さかった頃と同じ、無邪気でおおらかなものだった。

むさ苦しいばかりの大男なのに、その人懐《なつ》っこい笑顔が、妙に微笑《ほほえ》ましい。

「どうして……？」

やっと口を開いた達生に、俊広はにかっと笑った。

「達生さんがくるってアニキに聞いたから。俺、うれしくて飛び上がっちゃいましたよ。

冷たいなぁ…、俺に知らせてくれてもいいのに」

不服そうに口をとがらせて見せる。

「だって…トシくん、大学は？　クラブもあるんだろう？」

「ガッコ、もう終わってますよ。今、春休みです。クラブの合宿はもう少し先だし」

三月始めといえば、大学は休みに入っていたか…、と達生は内心で舌を打った。

地元の大学だったはずだが、この街からは遠いので下宿していると聞いていた。顔を合わせずにすめば…、と思っていたのだが、やはりムリだったようだ。

「車、あそこです」

先に立って案内した俊広に、どうぞ、と助手席を示され、あぁ…、と達生は仕方なく、ドアを開けて乗りこんだ。

走り出した車の、二人きりのせまい空間がいくぶん息苦しく、達生は半分ほど窓を開けた。

俊広に運転してもらうのは初めてだった。

小さい頃は自転車にさえ乗れなくて、特訓してやったこともあるのに。

思い出して、達生は思わず頬が緩《ゆる》む。

もうそんな年になったのか……、と思う。

そう、今現在で十九才。秋には二十才《はたち》になる。もう三年前の高校生ではない。

大人に、なったのだ――。


俊広の兄、柚木健司《ゆずきけんじ》と、達生は中学時代からの同級生だった。地方の私立校で一緒に寮生活を送った。健司が親元を離れ、わざわざ全寮制の学校に入ったのは、そこが父親の母校だったからだが、達生の方はちょっと複雑な家庭事情のせいだった。

二人は中学の一年から同じクラスで、それからずっと――親友、だった。

健司の父親は海沿いの、洒落た雰囲気のリゾート・ホテルを経営していた。こぢんまりとしているだけに、常連の多い、くつろいだ感じのホテルだ。

休みのとき、健司に招かれて達生はこのホテルを訪れていた。

俊広と最初に会ったのは、中二の夏。俊広がまだ、小学校へ入る前の五つの時だった。年の離れた兄弟だったがさすがに男兄弟らしく、俊広はよく兄に突っかかっていた。そのたびにあっさりと撃退され、達生のところに泣きついてきた。達生がいる間は、しょっちゅう達生の布団にもぐりこんできたものだ。

俊広は、達生が毎年夏休みや、時には冬にも訪れるのを、楽しみに待っていてくれた。そして達生にとっても、それは同じだった。兄弟のいない達生には、俊広は可愛い弟だったのだ。

毎年、達生の夏の思い出は俊広に重なっていた。——それが。

……いつからだろう……？

自分を見つめるまっすぐな目の中に、性的な色を見つけたのは。純粋な好意だけでなく、もっと強い熱を見つけたのは……。

達生は、自分の性癖には高校時代に気づいていた。自分が恋愛対象として見られるのは同性だけだ、ということに。

だから、俊広が自分に向けてくるまっすぐな眼差しに、ひどくおびえた。

……まさか自分が、そんな素ぶりを見せたのだろうか……？　弟であるはずの俊広を、そんな目で見ていたのか……？

俊広はそんな自分に引きずられているだけなんじゃないか――？

そう思うとたまらなかった。

そして三年前の夏。

達生が最後にこの地を訪れたのは、兄弟の父親の葬式のためだった。

交通事故であっけなく逝《い》った父親の代わりに、ホテルの経営はすべて、健司の肩にのしかかってきた。

せめて一晩だけでも泊まっていってくれ、という親友の言葉を断ることができず、父親を見送ったあと、達生はホテルにとどまった。

その夜だった――。

俊広が達生の部屋に来た。

シャワーを浴びたあとの達生は浴衣姿《ゆかたすがた》だったが、俊広は喪服《もふく》代わりの制服の上を脱いだだけだった。

高一になった俊広は、身長はすでに達生と同じくらいになっていた。体格では俊広の方が少しばかりよかったほどだ。

「達生さん……」

ぼんやりとつぶやくように言った俊広の肩を、達生はそっと抱きしめてやった。

俊広が泣きにきたことはわかっていた。……昔よく、そうしていたように。

ベッドに並んで腰を下ろし、大柄な身体を肩にもたせかけるようにして、俊広は震えるように涙を流した。

「達生さん……達生さん……っ」

夢中でしがみつくようにしてきた俊広の身体を受け止めて、達生は必死に自分の震えを押し隠した。

俊広の体温が、その身体の匂いが、肌に沁《し》みこんでくるようだった。

両腕にあまる身体を抱きしめ、ごわごわした髪を撫でながら、達生は自分の中の感情を持てあましていた。

……可愛い、弟だったはずだ。八つも年下の。決して、それ以上ではない……。

なのに――この、身体の奥からわき上がってくるこの熱は何だ……？

首筋にあたる熱い息づかい。

と、俊広がいきなりぎゅっと力をこめて達生の身体を抱き返してきた。

頭を胸にこすりつけるようにして、うめくように俊広が言った。

「……達生さん、俺、今晩、ここで泊まってもいい……？」

その言葉に、達生は小さく息を飲んだ。

何をバカな、とあわてて言った達生に、

「前は一緒に寝てくれたじゃん……」

と、上目づかいに、――実際にはほとんど俊広の方が目線は上だったが――ねだってくる。

こんなところは子供の頃と全然変わらない。

内心の動揺を隠し、達生はあからさまに嘆息して見せた。

「高校生にもなって何を言ってるんだ。もういい大人だろう」

じっと達生を見つめていた俊広が、小さく笑った。

似つかわしくないほど、冷めた……おとなびた笑みだった。

「……あなたはそうやって……、都合のいい時だけ、俺を大人扱いするんだな……」

ポツリと言われたその言葉に、達生は自分の心の内を見透かされたようで、思わず目を見張った。ギュッ、と心臓をつかまれたような気がした。

――と、いきなり、俊広が達生の肩を押さえこみ、そのまま体重をかけてベッドへ押し倒した。ものすごい力だった。

「とし……っ」

あせった達生は必死に肩を突き放したが、そのずっしりとした体重と大きな腕は、すでに達生の力では抵抗できないほど強かった。

両手をベッドへ張りつけるようにして、熱い唇が……、濡れた舌が浴衣の襟元を割って首筋から胸元を這いまわる。

「達生さん……っ」

耳にかじりつかれるように、せっぱつまった声がささやく。はぎとられるように開いた胸元から、大きな手がすべりこんでくる。

肌に直《じか》に触れられた瞬間、ゾクリ、と鋭い痺れが背筋を走り抜け、達生はうわずった声を上げて必死に突っぱねた。

「バカなことはやめろっ!」

だが俊広は、荒い息をつきながら、何かに憑《つ》かれたように達生の身体を貪《むさぼ》ろうとした。

荒々しく裾《すそ》を開かれ、足に指が這う。かみつくようなキスが胸に痕を残す。

抵抗しながらも、ざわり、と身体の奥に熱い火がおこるような感覚がわき上がるのに、達生は愕然とした。

自分が信じられなかった。

相手はまだ十六才だ。二十四になった自分からすれば、まだほんの子供だ。その子供相手にいったい、自分は何を……?

達生はあせった。

自分が反応していることを知られるわけには、絶対にいかなかった。

俊広は身体だけは一人前の大人でも、頭の中はまだまだ子供だ。俊広にとって自分に対する想いは、ただの好奇心か思いこみにすぎない。一線を踏み越えて、せっかく今まで守ってきた「兄弟」という関係を、ここで失ってしまうのは耐えられなかった。

そして何より——男を知っている、自分の身体を俊広に知られるのが……、恐かった。

必ず、あとになって俊広は自己嫌悪に陥《おちい》る。そしてその時、達生に向けられるだろう嫌悪が……恐かったのだ。

達生は夢中で足をバタつかせ、脛《すね》が俊広の急所を突き上げたらしい。

うっ、とうめいたかと思うと、機械のように俊広の動きが止まった。

腕の力が緩《ゆる》んだ隙に、達生は身をひるがえし、そのまま俊広の頬を張り飛ばした。

乱された前をかきあわせて自分をにらみつける達生を、俊広がようやく夢から覚めたように呆然と見つめた。

「俺……」

達生は乱れた息をつきながら、口を開いた。

「……忘れてやる。だからおまえも忘れろ。いくら俺でも、おまえの彼女の代わりまでしてやれるわけじゃない」

突き放すように厳しく言った達生に、俊広はじっと何か考えるようにうつむいた。

身を固くしたままベッドから降りた達生は、そのまま荒々しく部屋のドアを開けた。

出ていけ、と無言で示す達生に、俊広はきつく唇をかんだ。拳を握り、苦しげな表情で、それでものろのろと立ち上がる。

ゆっくりと近づいてきた俊広は、ドアを出る直前、いきなりぐいっと達生の腕をつかんだ。

「な…っ！」

溢《あふ》れかけた悲鳴も、そのまま飲みこまれる。

顎をつかまれ、身体を壁に押しつけられた。そしてそのまま、かみつかれるように唇を合わされる。

長い…、奪いつくすようなキス。

決して上手《うま》いとは言えない、ぎこちないキスだったが、情熱的にいくども重ねられ、吸い上げられて、達生はなかば呆然と、ただされるままになっていた。

「……まだ、ここまでしか許してもらえねーんだな……」

ようやく唇を離した俊広が、小さくつぶやく。

「あやまらないから」

視線は達生からそらしたままポツリとそう言うと、俊広は深い息をついた。何かを抑えるように、その肩が小刻みに震えていた。

「俊広……！」

ゆっくりと部屋を出た俊広を、達生は思わず呼び止めたものの、あとが続かなかった。
「……兄さんを手伝ってやれよ」
と。
ぎこちなくふり返った俊広に、やっとのことでそんな言葉を押し出した。
かすかに笑ってうなずき、俊広は背を向けた。
そのすっかり自分より大きくなった背中が、三年前、達生が見た俊広の最後だった。
翌朝、達生は早々にホテルを発《た》ったのだ。
あれから、一度もこの地を訪れたことはなかった。二度と、訪れるつもりもなかった。
三年前の、俊広を殴った時のその痛みが、今も鮮やかに手のひらに残っている。
忘れろ、と言っておきながら、自分が忘れることなどできなかった。
だが、俊広にとっては……？
「――達生さんは？　こんな年度末に仕事はいいんですか？」
その声に、達生ははっと現実に引きもどされた。
まるで屈託《くったく》のない俊広の様子に、達生はいくぶんとまどう。大きく窓を開け放し、鼻歌でも飛び出しそうなほど上機嫌に、俊広はミッションの車を操《あやつ》っている。……俊広には、何でもなかったことなのかもしれない。こだわるようなことではなかったのだろう……。

——そう、思う。

あれは子供の時期の、ほんの思い違いだ。もう記憶にすら残っていないのかもしれない。

大学生ともなればいろんな新しい遊びも覚えるだろうし、つきあいも増える。昔遊んでくれたお兄さんなど、懐かしいと思うくらいで、たまに思い出せばいい方なのだ……。

やはりあの時、突き放したのは正解だったのだ、と達生は安堵《あんど》する。

と同時に、胸に押しよせてきたどこか沈みこむようなさびしさに、達生は自嘲《じちょう》した。

八つも下の子供に、結局、私がふりまわされているだけか……。

と。そんな情けない思い。

「兄さんと違って、マジメな達生さんがサボリってことはないでしょ？」

からからと笑いながら俊広が軽口をたたく。

あまり感情が表に出ない達生とは正反対に、俊広は昔から感情表現の豊かな男だった。好きなものは好き。嫌いなものは嫌い。食べ物でもオモチャでも、ガンとして譲らないところがあった。悪いことをして叱られても、俊広がしゅん、とするのはほんの一瞬だった。悪いことは悪いこととして、すんでしまえばあとを引く性格ではなかった。三年前のことも、だから——俊広にとっては、勢いでやってしまったいたずら程度のことなのだろう……。

達生は心の中で小さく息をつきながら、静かに言った。

「たまっている有休をとったんだよ。このところちょっといそがしくて体調もくずしていたから、この際まとめてとれと上司に言われてね」

「え？　大丈夫？」

チラリ、と俊広が心配げな眼差しを運転の合間に向けてくる。

「ああ…、病気ってほどじゃない。骨休めってとこかな」

「ふぅん…。仕事、いそがしいんですか？　何の仕事でしたっけ？」

「県庁」

「へぇ…、公務員かぁ。公務員ってそんなにいそがしい？　あぁ、部署によるのか。県庁に行った俺の先輩、今空港の用地買収の部署にいるみたいだけど、すんげー胃が痛いって言ってたもんな……。人事課とか、不夜城だっていうし」

ちょっと口をつぐんだ俊広は、ポツリ、と言った。

「前みたいに、ちゃんと夏休みとってうちに遊びに来ればいいのに」

「社会人になればね…、なかなかそうもいかないよ」

小さく笑うように言った達生に、俊広は黙りこんだ。

それでも言い返してこないのは、三年前のことをやはり後悔しているせいか。

昔は、今年は行けないと健司に言付けただけで、泣いて電話をかけてきたものだったが。

俊広に口をつぐまれると、妙にこちらがいじめているような、落ち着かない気になる。

「——健司は？　元気か？」

沈黙を嫌って出た言葉だったが、いくぶん探るような調子になっていた。

俊広はちょっと顔を曇らせる。

「兄さん、父さんが死んだあと、一時期、ちょっと荒れた感じだったけど……。やっぱり資金繰りとか、いろいろ難しいことがあったみたいで。若いと社会的に信用されないところがあるでしょ。——まぁ、でも今は全然、大丈夫ですよ。バリバリやってます」

「ホテルのオーナー業は大変だろう？」

「だろうなぁ…。俺にはよくわかんないっすけど。でもあっちこっち飛びまわってますよ。なんか、今度、海外にホテルを造るみたいで」

「……海外？　そりゃすごい」

知っていた事実だったが、達生は驚いたように声を上げた。

「海外ってどこに？」

「タイだって。なんでそんなとこに造るのかなぁ。そんな金があるってのも不思議だし」

俊広は軽く肩をすくめた。

「観光地だろう。プーケットとか、あのへんじゃないか？　トシくんはそんな相談は受けなかったの？」

ちらっと向けられたもの言いたげな視線からすると、「トシくん」という呼ばれ方が不本意らしい。子供扱いされている、という気がするのだろう。

だが達生はあえて直そうとはしなかった。

「俺は経営のことは全然わかんないですから。母さんには相談してるんだろうけど」

俊広たちの母親はしかし、お嬢さんタイプのおっとりとした女性で、実質はすべて息子に任せているのだろう、と達生は思う。

「手伝ってないのか？」

わざと非難めいた調子で言うと、俊広は口をとがらせた。

「手伝ってますよ。大学が休みの時は。うち、人手も足りないし」

「トシくんは海外へ行ったりはしないの？」

何気ない調子で尋ねてみる。

「時々。兄さんの代理で人と会ったり、……って、まぁ、書類持っていったり、頼まれた荷物渡したりって程度だけど。でも金出してもらって、遊んでこられるから、ちょっとラッキーかなー」

へへっ、と俊広が脳天気に笑う。

「危ない遊びはやってないだろうな？」

いくぶん冗談めかして言うと、俊広はあわてて否定した。

「してないしてない。俺、そんなに信用ないかなぁ……」

ぶつぶつとぼやく。

「でもどういう風の吹きまわしっすか？　三年ぶり……だよね？　達生さんがウチに来るのは」

その問いに、達生は軽く唇をなめた。

「たまにはいいだろう？　昔なじみの顔を見るのも」

自分でも苦しい言い訳だと思う。だからこそ、軽い調子で達生はそう言った。

「ずっと、避けられてるのかと思ったけどな」

さらりと言われて、一瞬、達生は言葉を続けられなかった。

「それに、俺の顔を見にきてくれたわけじゃないみたいですしね……。俺がまだ大学にいると思ってたんでしょう？」

重ねて言われて、達生はさらに黙りこんだ。

「俺には……会いたくなかった？」

「そんなことはない」

反射的に声が出る。

くすっ、と俊広が笑った。……達生の狼狽《ろうばい》を楽しむように。

達生は内心で舌を打った。

こんな子供に、あしらわれるとは……。

まったく生意気に成長したものだ、と苦々《にが》しく思う。

「骨休めする場所なんて他には浮かばなかったんだよ、私も。休みにどこかへ遊びにいった経験も少ないからね」

息を整えて、達生はなんとか落ち着いた声を出す。自分も三年前のことにはこだわっていない…、もう忘れてしまっていたのだ、ということを、俊広に示すためだった。

「達生さん、自分のこと、私、っていうんだ。なんだか気どってるんだな……」

なかば独り言のように、俊広はつぶやいた。

達生の冷めた言い方にちょっと腹を立てたような、拗《す》ねたような感じだった。

「社会人になったんだからね。そういう言葉づかいも覚えるんだよ」

達生はあえて突き放すように淡々と答える。

俊広はそれに軽く鼻を鳴らすようにしただけで、何も答えなかった。

ヘソを曲げたかな、と達生は嘆息する。

自分では大人になったと思っていたのに、あっさりと子供扱いされることに。

身長も体重も、すでに軽く追い抜かれてしまっている。

そして気持ちの方も……。

達生は小さく首をふった。

達生が盾にするとすれば、もう八つの年の差くらいしか残っていなかったのだ——……。

2

ホテル・ジュビリー。

祝祭、という名のホテルが俊広たち兄弟の家だった。太平洋に面した高台にある、客室は二十ばかりの小さなリゾート・ホテルだ。

バリ島あたりを思わせる、吹き抜けの開放的で明るいアジア的なロビーと、カジュアルなレストラン。シックなバー。そしてツインルーム中心の、部屋ごとに違う家具を入れて、それぞれに個性を出した客室。

すべて、兄弟の父親のこだわりだった。

高級感というより、むしろ落ち着きのあるインテリアで、客にはリピーターが多い。

フロントはカウンター形式ではなく、玄関を入ったところにおかれた、どっしりと広いテーブルだった。カゴの傘をつけた素朴な間接照明がその上を飾っている。

エントランスを抜けた達生の前で、そのフロントのむこうのアームチェアに腰かけていた男が立ち上がった。

「——達生、来たか！　ひさしぶりだな！」

テーブルをまわって大股に近づいてきた健司が、大きな笑顔で達生の肩をたたいた。ホテル・オーナーではあるが、カジュアルなシャツに軽いジャケットを羽織っているだけの格好だった。

健司と俊広の兄弟は、表面上、あまり似たところはなかった。どちらかというと、健司は父親似で俊広は母親に似ている。

性格的にも、兄の健司は剛胆《ごうたん》さと同時に周到さを持っていたが、弟の俊広は、まっすぐな分、単純だと言える。

兄弟で似ているとすれば……、二人とも驚くほど自信家だ、ということだろうか。

もっともそれも、その自信に見合うだけの実力や裏付けのある健司と違って、俊広のは単なる思いこみ、というか、特に根拠のない場合が多い。ただ、それを実際にやり遂げてしまうところが俊広のすごいところだ。

健司と達生は、中学時代からずっとテニス部だった。攻撃的で長身を活《い》かした攻めを見せる健司と、冷静な判断力でキレがよく、辛抱強いプレイをする達生のペアは、県で三位までいった。

だがその健司も、すでに体格では弟に抜かれているようだ。

「三年ぶりになるのか？　ずっと音沙汰なしだったからな。元気だったか？」

チクリと音信不通になったことを責められて、達生はわずかに目を伏せる。

「すまないな…。ちょっといそがしくて、連絡をとる暇がなかったんだ」

「……いや、まあ、それはおたがいさまか。俺もバタバタしていたからな」

達生のありきたりな言い訳に、苦笑いした健司が続けた。

「今、何をしてるんだ？　もう就職はしたのか？　まだ院の方？」

「今は役所に勤めている」

「公務員か！　おまえが！」

驚いたように叫んだ健司は、豪快に笑った。

「あんまりイメージじゃないけどな。おまえが地味に書類に向かってるなんてな」

その言葉に達生は曖昧に笑い返した。

三年ぶりの親友は、少し頬のあたりがそげたようだった。痩せたというよりは、どこか鋭さが増した気がする。もともと野性的な雰囲気のある男だったが、それが一段とすごみを増した感じで、ホテル・オーナーの貫禄、と言えなくもないが、わずかにすさんだような影が見えた。

多少強引なところもあったが、責任感もあり、よく人の気持ちに気のつく、気持ちのいい男だった。高校ではクラブのキャプテンも務めていた。

達生がそういう意味で健司を見たことはなかったし、自分の性癖を打ち明けることもできなかったが、親友としては最高の男だった。

——おそらく、自分がゲイだとこの男に言ったとしても、彼の自分への態度は変わらないだろう、と思う。

長いつきあいの中で、いくど打ち明けたい、という欲求に駆られたかわからない。

だがそれができなかったのは——俊広がいたから、かもしれない。

自分の性癖のせいで、俊広を遠ざけられるのではないか…、と。そんな不安で。

「突然で悪かったな。急に思い立ったもんだから」

予約なしに、一昨日の電話だけで来たことを、達生はあやまった。

健司はそれを軽く笑い飛ばした。

「全然かまわないさ。ハイ・シーズンでもないし、部屋はあまってる。好きなだけいてくれよ」

「すまん。宿代はきっちり払わせてくれよ」

「おいおい…。水くさいな。今まで払ったことなんかなかったじゃないか」

「ダメだ。おまえも商売じゃないか」

「親友が家に遊びにきたんだろ？　金とるヤツはいないさ」

パンパンと背中をたたかれて、達生はなんとか苦笑してみせた。

「……あらあら、三瀬さん、おひさしぶりですこと」

声がした方をはっとふり向くと、奥から兄弟の母親が姿を見せた。

「ご無沙汰してます」

と、達生は丁寧に頭を下げた。夫が亡くなってから、彼女も少し老けこんだようだ。きれいに結い上げた髪にも白い部分が増えた。

「お元気ですの？」

「ええ…、おかげさまで」

「あら、お一人なのね？　まぁ、奥さままでも連れて見せにきて下さったのかと思ったわ」

楽しそうに笑う母親に達生は苦笑を返した。

「甲斐性がありませんで」

「まぁ、まぁ、それはうちの健司も同じですけれどね」

「おいおい、おふくろ。いいだろ、そういうことは」

横から健司があきれたような声を出す。

「――疲れたでしょう、部屋に案内するよ」

話が長くなりそうなのを察してか、横にいた俊広がせかせかと達生の荷物に手をかける。

「ああ、いいよ。自分で持つ」

俊広をとどめて、カバンを持ち直し、またあとで、と達生は頭を下げた。

「ごゆっくりなさってね」

昔と変わらず優しく言われた母親のその微笑みに、達生は刺すような胸の痛みをこらえていた——。

※　　　※

こちらでございます、とちょっと気どった調子で俊広に言われて、達生は微笑んだ。

五階建てのホテルの最上階。

眼前に海が開ける、二間《ふたま》のスイートだった。

一流ホテルのようなきらびやかな調度ではなかったが、落ち着きのある、自分の家でくつろげるような感じの家具がそろっていた。

「……悪いな、こんないい部屋を」

「どうせ空《あ》いてんですよ。ここもたまには使ってやらないと」

さすがにホテルマンの手伝いをしているらしく、俊広はテキパキと部屋の窓を開け放していった。なるほど、体育会系のピシリとした体型の俊広は、制服でも着せてベルボーイをやらせたら似合いそうだ。

かすかに潮の香りを含んだ風が、ふわりと室内に入りこんでくる。

俊広が意外と手際よく、居間の方でコーヒーの準備をしている間に、達生は荷物を持って奥の寝室へ入っていった。

中央にどんと広がるクイーンサイズのベッドに、一瞬、ドキリとする。どうやら新婚用かカップル用の部屋のようだった。

いやでも、三年前のことが思い出されて、無意識に達生は自分の唇に指で触れていた。

熱い……あの時の感触がよみがえってくる。

小さく息を吐いて、達生は隅のクローゼットを開け、とりあえず荷物を放りこんだ。

そしてふり返った瞬間、息を飲む。

目の前に、俊広が立っていた。

「あ……」

反射的に一歩、退《ひ》いた達生に、俊広は困ったような顔をした。

「そんなにおびえないで下さいよ。何もとって食おうなんて思ってませんから」

クスッ、と笑うように言われて、達生は思わずカッとなった。

「誰もおびえてなんか…っ」

「コーヒーをどうぞ」

しかしうろたえた達生にかまわず、さらりとした営業口調で俊広は言って、あっさりと背を向ける。

どっと肩から力が抜けて、達生は大きく息をついた。

……もう、どうあがいても力ではかなわないことはわかっていた。

背中におんぶして浜辺を駆けまわってやった幼い頃の少年では、ないのだ――。

「どうぞ」

と、ソーサーに乗ったカップをテーブルにおかれて、ようやく達生は、ああ、とうなずいた。

「ありがとう」

「夕食は何時になさいますか？」

丁寧にそう尋ねてから、俊広はちょっと口調をくずした。

「……あ、今夜はうちの家族と一緒に食べてもらえますか？　母さんたちも楽しみにしてるし」

「ああ、もちろん、よろこんで」

「じゃあ、準備ができたら連絡しますから。そうだな…、だいたい六時半過ぎだと思うけど」

「楽しみにしてるよ」

「では、御用がございましたらフロントまでお電話下さい」

いくぶん芝居がかった様子で一礼して、俊広が言った。そしてにやっと笑う。

「ご指名でどうぞ。俺、達生さん専用ですから」

「バカ」

その軽口に、達生もなんとか、軽い口調で言い返した。


俊広が部屋を出てから、達生はホッと息をついた。用意してくれたコーヒーを手にとって口をつけながら、窓越しに海を眺める。春の太陽の下で、一面に波光がきらめいていた。

いつ見ても、この海は美しい。真っ青に澄みきって。身体いっぱいに、なみなみと安らぎで満たしてくれる。

達生の中で、そのイメージは俊広と重なっていた。

いや…、流されてはいけない――。

達生はそう自分に言い聞かせる。

たまたま、今度の仕事が知り合いにあたっただけ、なのだ……。

一気にコーヒーを飲み干して、達生はカップを窓枠におき、内ポケットから携帯をとり出した。暗記している番号を手早く押す。

「――三瀬です。到着しました」
静かに、そう報告する。
ふっと目の前に俊広の笑顔が浮かんだ。
……すべてが終わった時。
その笑顔は消えているだろう。
どれほど手ひどい裏切りを受けたか、知った時……。
過去の優しい思い出も、淡い想いも踏みにじられたと知った時、俊広はどうするだろう
――？
悪いな…、俊広。俺は、おまえを傷つけるために来たんだよ――。
達生は心の中でそっとつぶやいた。

3

いくぶんきっちりとしたスーツをラフなポロシャツに着替え、それから夕食まで、達生はぶらぶらとホテルの中を歩いた。

散策のようにも見えたが、もちろん目的はあった。

建物の造りと、出入り口、非常階段。使われている家具や、ホテル内の調度などはかなり念入りに見てまわった。

ホテルは全体的にアジア風の雰囲気でまとめられていた。開放的な南国のイメージ。ロビーなどにおかれている家具も、そのあたりからの直輸入品だろう。

そのロビーの片隅で新聞を読んでいる男に、達生は一瞬、目をとめた。

中肉中背の特に特徴はない、ジャンパー姿の中年の男だ。前が少し、薄くなりかかっている。

その前で、やたらと派手な女がツメの手入れをしていた。真っ赤なヒールに短めのスカート。化粧も念入りで、夜の街を歩くならともかく、こんな海岸沿いの田舎町でゆっくりと滞在を楽しむようなタイプとは思えない。

さしずめ、年の離れた夫にムリやり連れてこられた若い妻、という風情だ。あるいは愛人、か。

何気ない様子で達生も離れた席に腰を下ろし、新聞を開いた。

女は退屈げにしていたが、男の方は新聞に目を落としたままだ。むかい合ってすわってはいたが、会話を楽しんでいるふうでもない。

それでも男の方が、ちらり、と達生を横目にしたのがわかる。

それには気づいたが、達生は新聞に没頭するふりをしていた。

やがて女が達生に気づき、男よりは遙かに興味津々の眼差しを送ってくる。品定めする様子から、次第に媚《こ》びるような色に変わる。

スレンダーな体つきと、シャープで繊細な達生の容姿は、一般に女性受けするものだ。

と、急に男の方が女を引っぱるようにして立ち上がった。ドライブに行きましょうよ、と腕を巻きつけてせがむ女には特に何も答えず、二人は達生の前を通り過ぎる。

達生の前でチラリ、と意味深に女が達生の顔を見下ろす。一瞬、顔を上げた達生は目があって、さりげない会釈だけを返した。

二人がエントランスを出ていく姿を見送りながら、ちょっと考えこんだ達生の前にスッと、音もなくコーヒーがおかれた。

「あ…と、沖《おき》さん。またお邪魔してます」

顔を上げた達生は、痩せた白髪の男を見つけて、思わず顔をほころばせた。

「いらっしゃいませ、三瀬さま。またお会いできてうれしゅうございます」

健司の父親の代からいる、初老のフロアマネージャーが慇懃《いんぎん》に挨拶してきた。達生が初めてきた頃から馴染みの、最古参の従業員だ。

黒に近いくらいの濃い茶色のスーツは、色も形も十数年前の昔からいつ見ても変わらない。季節に合わせ、布地を変えながら、同じ型でいくつも作っているのだろう。

「沖さんも元気そうでなによりです。またしばらく、お世話になります」

「本当におひさしぶりでございます。ここも小さい坊ちゃんが大学の近くに下宿されてからすっかりさびしくなってしまいまして。三瀬さまがいらしてた頃が一番楽しかったように思われます。どうか頻繁《ひんぱん》にお訪ね下さいませ」

小さい坊ちゃん、というのが俊広のことだが、まったく似合わなくなった呼び方に、達生は思わず口元をほころばせた。

従業員はほとんどが通いだが、沖だけはこのホテル内の一室に居住していた。それだけに健司や俊広たちとも家族同様だった。

ひとしきり昔話をしてから、ふと思い出したように達生は尋ねた。

「……ところでさっきのお客さんは？」

「堀江《ほりえ》さまとおっしゃるご夫妻で…、初めてのお客さまです。今日からお泊まりで」

沖が、ご夫妻、のところに微妙にアクセントをおいたのは、彼自身夫婦だとは思っていない証拠だった。

「今は何人、滞在してるの？」

「三瀬さまをお入れして七名さま、他にお三組ですね。堀江さま以外はご常連の方で」

「私だけ一人もの、というわけか……」

達生は苦笑いをして見せた。

「まぁ、ここはもともとカップルでくる雰囲気だからな」

「確かに、あの部屋《スイート》にお一人では少々おさびしゅうございますね」

その言葉に、達生はまいったな、と肩をすくめた。

独身で通したらしい沖からいうと、健司や達生が早く結婚して子供でもできて、それを連れてきてもらえれば孫の顔が見られたようでうれしいのだろう、とは思う。

実際、二十七といえば、そろそろ子供がいておかしくない年だ。——もっとも、少なくとも達生の方には一生、無理な相談だったが。

しばらくコーヒーブレイクをした達生は、裏からホテルを出た。裏口、ということではなく、海側へ開けた出入り口だ。

手入れされた庭を抜けると、浜辺へ出る道と、今は使われていないが夏の間だけ開放されているバンガロー、それから少し離れて、二階建ての俊広たちの自宅へ入る道がある。

そちらへ足を向けると、家の横に達生が迎えに来てもらったスカイラインを含めて、三台の車が止まっていた。

「――あれ、達生さん？　夕食にはまだ早いですよ？」

突然、背後から声をかけられて、達生はハッとする。

俊広が大きなプラスチックのビールケースを両手に抱えて、どしどしとホテルの方から歩いてきた。

「あ…、いや、先にお父さんにお焼香をさせてもらおうかと思ってね」

とっさに口から出た言い訳だったが、俊広は、ああ…とうなずいた。

「すみません」

殊勝《しゅしょう》に言われて、達生はかえってすまない気持ちになる。

「どうぞ」

と玄関のドアを開けられて、中へ通された。

家に鍵はかけていないようだ。ホテルの敷地内だということもあるだろうし、家族がホテルとこっちとを行ったり来たりしているということもあるだろう。都会のように泥棒が横行するような土地柄でもない。

「お母さんは？」

「今、ホテルの厨房《ちゅうぼう》にいましたよ。夕食の支度に、なんか料理長、捕まえてました。達生さんが来たんで、ちょっと気合い入ってるみたいだな」

ハハハ、と俊広が笑う。

「お母さんもホテルの方、手伝ってるの？」

「いいえ。たまにいそがしい時、料理の盛りつけを手伝うくらいじゃないかな。他に何かできる人じゃないし。——あ、こっちです」

一階奥の日本間に通される。

達生は中央の仏壇の前にすわり、線香を立てて手を合わせた。

——もしもこの人が生きていたら……。

ふと、そんなことを思う。

健司に経営の才がないわけではないだろう。

だが、否応なくすべてを譲られた年が二十四だった。まだ、若かった……。

達生が向き直ると、ありがとうございました、と丁寧に俊広が頭を下げる。

廊下に出た達生はさりげなくあたりを見まわした。隣のドアが、父親の書斎だったはずだ。

「ちょっとのぞかせてもらっていいかな？」

何気ないふうに尋ねた達生に、俊広は不思議そうな顔をしたが、どうぞ、と言った。

達生はドアを開けて一歩中へ入った。

重厚な感じの、いかにも仕事場だった。

大きなマホガニーのデスクが中央にある。スライドの本棚と、隅のチェスト。シャガールの複製版画が壁にかかっている。

シックな調度の中に、デスクの上のノートパソコンと脇におかれた無機質なFAX兼用電話が、少しばかり浮いて見えた。

達生の目は素速くそれらをチェックする。

両開きの木目のきれいなチェストの中は、多分、金庫だろう。壁の絵も、少しばかり額が厚いように感じるのは、隠し金庫になっているのかもしれない。あるいは、どちらかがダミーか。

一歩、中へ入って、デスクの端に両手を乗せてみる。懐かしむようにぐるりと見まわした。

「まだそのままにしてるの？」

尋ねた達生に、ええ、と戸口で俊広が答える。

「今は兄さんが仕事に使ってるみたいですね。まぁ、父さんがやってた仕事をするんだから、ここもそのまま受け継いでる感じかな」

「大変だな」

うなずきながら、達生はデスクを離れた。

その一瞬に、指先でデスクの下に盗聴器を張りつける。

「俺の部屋も見てきますか？」

にこっと俊広に尋ねられて、達生はつられるようにうなずいた。

書斎を出て、階段を上がる。

ふと、登り口の手すりのキズに気づいて、達生は思わず微笑んだ。

「ん？　何っすか？」

その気配に、俊広がふり返る。

「これ。おまえが六つの時、ボールを追いかけて階段から転《こ》けて、つけたヤツだろう」

俊広はくしゃ、と顔をしかめた。

「そういうことは忘れてくれてもいいのになぁ……」

ぼやきながら階段を上がる。

「頭から落ちてコブ一つだったもんな。頑丈なヤツだよ、おまえは」

感心したように言った達生に、俊広も小さく笑った。

「あの時、達生さん、俺のおでこ、ずっと撫でてくれた」

言われて、達生は腕の中にその時の感触をまざまざと思い出した。

わぁわぁ泣きわめく俊広を腕の中であやしながら、「痛いの痛いの飛んでいけ～」というのをしてやっていたのだ。

今、俊広が転んだら、今度は手すりの方に治療が必要だろうな、と、ノシノシと前を行く大きな背中を見つめながら、達生は微笑んだ。

登りきった最初のドアが健司の部屋だった。

「健司はまだこの部屋を使ってるのか？　入っていいかな？」

さりげなく尋ねると、かまわないと思いますよ、とあっさり返事が返る。

そしてちょっとあわてたように、俊広はせかせかと隣の自分の部屋の方へ入っていく。

ガタゴトと音がしているところをみると、急いで片づけているのか、達生に見られたくないものを隠しているのか。

ちらっと笑って達生は健司の部屋を開けた。

さすがに下の書斎よりはカジュアルな感じだった。

懐かしい。昔とさほど変わってはいないようだ。本棚やオーディオの位置も同じ。机の上はそこそこきれいに整理されている。

ベッドの上に脱いだままのシャツが一枚。

その下の方に、テニスラケットが数本、立てかけられている。今でもたまにはやっているのだろうか。

達生はゆっくりと室内を見まわした。

昔はよく、ここで健司と遅くまでバカ話をしていたものだった……。

感傷に浸りそうになった達生は、しかしハッと我に返る。耳を澄ませて、隣がまだバタバタしているのを確かめてから、ちょっと考えて、すっと床へ這った。

下の書斎につけたのと同じ小さな盗聴器を、ベッドの裏側へとりつける。

そして机の上をざっと見渡し、電話の横のメモに目をとめた。

十三日、と五千、のアラビア数字が走り書きしてあった。今日は十日だ。

それから達生は、机の引き出しを一つずつ、そっと開けていった。

一番下の引き出しの奥深く、銀色の小さなケースの中に予感していたものを見つけ、達生は小さく息を吐く。そしてすぐそばの小箱を開けると、中にはいくつか鍵が入っていた。

家の鍵や車の鍵ではない。形状からすると金庫の鍵だと達生はわかった。

少し考えたが、とりあえず手をつけずにおく。今、警戒されるとまずい。

そっと引き出しを閉め、立ち上がった瞬間だった。

「——達生さん！」

呼びかけられて、ビクッと肩が震える。

「……俊広……」

「ん？　どうかしました？　こっちに来て下さいよ」

見られていたわけではないらしい。

ほっと肩の力を抜いて、達生はあえて意地悪く言った。

「バタバタ片づけていたようじゃないか。私に見られて困るものでもあるのか？」

「そ、そんなんじゃないっすよ。ちょっと散らかってたから……」

しどろもどろに言い訳する俊広に、達生は微笑んだ。

健全な十九才ともなれば、エロ本やビデオや……その他もろもろが部屋に散乱していたとしても仕方がない。

健司の部屋のドアをきちんと元通りに閉め、達生は俊広の部屋に入った。

入った瞬間、あぁ…、と達生は大きく息を吸いこんだ。

中の家具は同じようなものなのに、印象が全然違う。俊広の性格を映したような、おおらかな……というより、おおざっぱな感じだった。

部屋の隅には雑誌が積み上げられ、CDプレイヤーの横に、ざっとCDが散らばっている。ベッドもバタバタと直したように布団の縁を敷きこんでいるし、本棚の本も横に積まれている状態だった。

健司と違って、俊広は昔から、あまり整理整頓が得意な方でもなかった。

それでも暖かい部屋だ。

この部屋でも、達生は何度か、泊まったことがある。しがみついて離れない俊広に、仕方なく添い寝をしてやったことが。

本棚におかれたプラモデルや、棚の上のボールやなんかに見覚えがある。

それでも妙にせまい印象を受けるのは、俊広が大きくなりすぎたせいか。

「懐かしいでしょ」

そう言った俊広に、達生は笑った。

「そうだな。相変わらず、片づけは下手なようだな……」

「そりゃ、もう直んないですよ。性格だからなー」

ぬけぬけと俊広が言う。

達生は本棚におかれていたフォトスタンドを手にとった。

高校のクラブの写真だろう。横縞のラグビージャージで二十人ほどが並んで写っている。ウイングというバックスのポジションにいる俊広が、フォワードの連中に比べるときわめて普通に見えるほど、ばかでかい集団だ。

その隣には家族写真。そして——

ふっと、達生の指が止まる。

ほんの小さい頃、十才そこそこの俊広だろう。この窓から見える海岸で達生に抱き上げてもらっている写真があった。

「……達生さんって、無邪気なんだか無防備なんだか、わかんないな」

その背中に、ため息をつくような俊広の声がかかる。

「え…？」

と、その言われた意味がわからずに、達生はふり返った。

腕を組んで、じっと達生を見つめて、俊広は小さく含むように笑った。

「身の危険、感じない？　俺、昔と違って今なら達生さんのこと、簡単に押し倒して好き勝手できますよ？」

「……バカを言うんじゃない」

一瞬、息をつめた達生は、ようやく首をふった。

「あんまりいい冗談とは言えないな」

なんとか切り返した達生に、俊広は平然と続けた。

「俺、小学校五年の時、もう達生さんに欲情してましたよ」

「な……」

とんでもないことをぬけぬけと言う俊広に、達生は絶句した。俊広はクスッ、と笑って、顎で隅のベッドを指した。

「……覚えてないかなぁ？　このベッドの上で、俺が馬乗りになって達生さんのこと押し倒したの。もっとも、あの時は押し倒したっていうよりも、俺が上に乗っけてもらって遊ばせてもらってた、って感じだったけど」

ゴクッと達生は唾を飲みこんだ。

それは……そんなこともあっただろう。俊広がほんの小さな子供の頃には。

「おかげで俺、ずっとこのベッド、買い替えられないんですよ？　ここで達生さんと寝たんだー、って思ったら。ほら、こんなにでかくなったから、実はすげぇせまいんだけど」

まるで達生のせいであるかのように言う。

「あの夜、初めて俺、夢精したんですよ」

さらりと言われて、達生はたまらず、俊広から視線をはずした。

頬がカッ…と熱くほてるのがわかる。

なぜ、自分の方が動揺しなければならないのか……、それを思うと腹が立つ。相手は八つも年下の男なのだ。

さりげなく窓際へよって、達生は深く息を吸いこんだ。

ダメだ、俊広のペースに巻きこまれては……。

自分をいましめて、達生は数度、息を継ぐ。

と、一階の張り出したテラスのむこう、視界の端に、三つ並んだ車の屋根がかかった。

「……トシくん。あれ、健司がいつも使ってる車かな？」

なかば話をそらすために、達生はあえて平然と尋ねた。

「え？　あの白の四駆《よんく》ですか？　そーですよ」

達生の後ろからひょいとそちらを眺めて、俊広がうなずいた。

「明日の午後、ちょっと借りていいかな？」

「出かける用がなければ大丈夫だと思いますけど。あとでアニキに聞いときましょうか？」

「悪いな」

「どこ行くんですか？」

「……いや、このへん、ぶらっとまわってきたいなと思って。ひさしぶりだからな……」

「ふーん…」

俊広がにやっと笑った。

「なんだ。それなら俺がドライブ、つきあいますよ」

「おまえは仕事があるだろう。それに――」

達生はふい、と戸口の方へ帰りながら、あえて淡々と言い返した。

「おまえとのドライブには、身の危険を感じるからな」

それに俊広が鋭く舌を鳴らす。

「ちぇっ。まずった……」

無念そうなその声に、達生は微笑んだ。

「ほら、いつまでもさぼってちゃまずいんじゃないのか？」

うながすと俊広はわたわたとあわてだした。

「あっ、そうだ！　俺、荷物とりにきただけなのに。ヤベーッ」

急いで階段を駆け下り、ふと思い出したように下から叫んだ。

「待っててよ、達生さん！　ホテルまで一緒に行こうよ！」

その声がふと昔の俊広の甲高い声とだぶる。

あとからゆっくりと階段を下りながら、達生はまぶたが熱くなるのをこらえていた……。

4

夕食は和《なご》やかに進んでいた。

母親の心づくしの手料理は本格的でうまかったし（ホテルの料理長の手も入っているのだろうが）、ひとしきり昔話に花が咲いた。

話のネタになるのはたいてい俊広の失敗談で、他の三人にとってはいつまでたっても子供な俊広は、ぶうぶう文句を言っていた。

テラスに出て、達生は健司と二人で食後のコーヒーを堪能する。

春の日はまだ少し余韻《よいん》を残していて、真っ暗になる直前の海がざわざわと音を立てるのが、なんだかもの悲しく達生には感じた。……遠くの大海へ帰っていく小さな波の足音のようで。

俊広は達生の前でよい子のところを見せようとしてか、母親のあと片づけを手伝っていた。

その後ろ姿を眺めて、達生は嘆息した。

「……まったく、トシくんがあんなに大きくなったなんて信じられないな。詐欺《さぎ》みたいだよ」

「詐欺か」

　健司がクックッと喉で笑う。

「まぁ、おまえのあとをちょこまか追いかけてた頃からすると、確かに詐欺だな。今なら、俺もあいつととっ組み合いをしようなんて考えられん」

「昔はおまえ、よくトシくんをいじめてたからな……」

　そりゃ、兄の愛情表現だ、と健司は大げさに否定する。達生は低く笑った。

「よかったな…、あの頃はさ」

　健司の目が、何かを懐かしむように遠くを見た。

「ずいぶんじじくさいな」

　そう言った達生に軽く笑って、健司はホッと吐息《といき》した。

「なんだか今になってしみじみ、そう思うよ……」

　達生はその親友の、学生時代からいうとかなりそげ落ちた頬や、落ち着いた、というより、むしろ疲れたような表情に、わずかに目を伏せる。

　そしてつぶやいた。

「そうだな……。俺も最近、そう思うよ」

「なんだ、おたがいに年とったってことかよ」

健司が達生を見て、にやりと笑う。

「大変なのか？　ホテルは」

「楽な仕事じゃないさ……。ストレスもある。まぁ、楽な仕事なんてないんだろうけどな。

――おまえだって、息抜きに来てるんだろ？　仕事も身体を壊さない程度にしなきゃな」

気づかわれて、達生は曖昧な笑みを浮かべる。

そしてタイミングを計って、達生はその言葉を口にした。

「……そういえば、ここのホテルの従業員が崖から落ちて死んだんだって？」

フッ、とカップを持った健司の手が止まった。わずかに目をすがめ、うかがうような色がその瞳ににじむ。

「おまえ、どうしてそれを……？」

「新聞に出てただろう？」

「いや…、しかし、ウチの名前までは出てなかったと思うが……」

それに達生は、あせることなくさらりと答えた。

「列車の中でオバサンたちの話題になってたからな。それに現場の崖っていうのはこの先だろう？　このへんのホテルなんて他にはないし。多分、そうだろうと思ったんだが」

ああ…、とため息混じりに、健司は息をついて、深く椅子にもたれた。

「……いや、まぁ、事故だろうって警察も言ってたしな。運のないヤツだ」

健司は達生から視線をそらせて、耳の上で髪をかき上げた。ちょっと都合が悪い時の、昔からの健司のクセだった。それをじっと観察しながら、達生は何気なく続けた。

「俺の知らない人間みたいだな。小倉《こぐら》…、とかいったっけ……」

「あ、ああ…。二年前に来たばかりの男だから、おまえは会ったことがないと思うよ」

「おまえも警察に呼ばれたのか？」

「いや、まさか…。ここに事情を聞きに来たくらいだ」

「大変だったな」

「まぁ、事故だろうし……、ウチにはたいして関係なかったしな」

突き放すような淡々とした口調だった。

仮にも従業員が死んだというのに、ずいぶんとあっさりしている。クラブでキャプテンを務めていた時には、多少ワンマンなところはあったが、面倒見はよかった男なのに。

と、そこへ、デザートでーす、と俊広がお手製のフルーツケーキを運んできた。

達生はそれで話を打ち切って、目の前に運ばれた皿に視線を移した。

「……これは、懐かしいな」

そして思わずしみじみとつぶやいていた。

「これを見るとここに来たなって気がするよ」

母親の焼くこのケーキが、いつも必ず食後についてきたのだ。

そのまま達生の横にすわろうとした俊広は、兄に命令されてしぶしぶコーヒーのお代わりをとりにいく。体格ではすでに負けているが、まだまだ兄の権威は残っているらしい。

その俊広の背中を見ながら、健司がつぶやくように言った。

「なぁ…、達生。俊広、あいつ、昔からおまえに懐《なつ》いてたよな……」

「あ、ああ……」

思わず、達生の手にしたフォークが止まった。内心ではさすがにあせっていた。

「なんか、図体ばっかりでかくて、中味はてんでガキだけど……、これからも面倒見てやってくれよな」

静かに言われて、ほっとすると同時に、複雑な気持ちが湧いてくる。

だがダメだ、とはむろん、言えない。

「ああ…、俺にとってもいい弟、だからな」

そう答えた達生に、健司が微笑んだ。

「手がかかるとは思うがな……」

俊広がコーヒーのサイフォンを持って帰ってくる。

「たまに可愛いおとーとが帰って来てるのにさー、人使いあれーよ、アニキ」

脳天気な声が、にぎにぎしく降ってくる。

たまにしか帰らないからこき使うんだろ、と健司が切り返す。

そんな相変わらずの兄弟の会話を聞いて、口元では微笑みながら、達生は心の中に何か苦いものが沈んでいくのを感じていた……。

※　　※

ホテルの部屋に帰った達生は、とりあえずシャワーを浴びた。湯は張らず、頭から水に近い飛沫《しぶき》で全身を打たせる。

すべてを洗い流せてしまえればいいのに――――。

そんな苦い想いが喉元にわき上がる。

備えつけのバスローブをまとい、頭をタオルでぬぐいながら、隅の冷蔵庫から冷えたスポーツドリンクをとり出した。

ほぅ、と肩から深い息を吐き出す。

やはり相当、緊張していたようだ。

いくどかこなした作戦《ミッション》の前、というよりも、むしろ俊広の前で昔なじみのいいお兄さん、を演じる方が難しかった。

――引きずられてしまう……。

今まで、どんな相手に対してもこんなことはなかったのに。

達生はこれまで恋愛でも友情でも、どこか相手に距離をとって接してきた。だが俊広だけは、そんな多くの人間とは違っていた。

……たった一人、幼い頃から、まるごと受け入れてきた相手なのだ。

だがもちろん、身体を重ねる対象として見ていたわけではなかった。八つも下の子供に、どうしてそんなことが考えられる？　と。

ずっとそう自分に言い聞かせてきたのだ。

俊広は違う。大切な弟なのだから――と。

三年前。

あの時、気づいたのは、俊広の想いではなかった。達生の、自分の中の、ずっと押し隠してきた俊広への特別な想いを、自分自身に突きつけられたのだ。

達生とて、聖人君子ではない。

自分が真性のゲイだということはわかっていたから、大学に入ってからはそういう相手と何度かつきあった。その誰とも、長くは続かなかったが。その手の店に行って、相手を求めたこともある。

しかし俊広みたいにあからさまに――まっすぐに見つめられたことはない。

単に身体を求める物欲しそうな眼差しではなく、もっと熱い……すべてを求める瞳。

もう一度、三年前のような状況になってしまったら、今度は俊広を拒《こば》みきれるかどうか、自信はなかった。

この均衡《きんこう》が、いつまで続くのか。いつまで保つのか。いつまで……耐えられるのか。

できることなら、今すぐ逃げ出したかった。

——早く終わってくれ、と。

そして同時に、その時が来ないでくれ、と無意識のうちに達生は祈っていた。

スポーツドリンクの缶を持ったまま、達生は寝室の方へ入った。

枕元にそれをおき、クローゼットの中から小さなケースをとり出す。その中からラジオのようなものを出して、片耳にそこから伸びたイヤホンを差しこんだ。

そのままごろりとベッドに横になる。

ごわごわした感じのノイズとともに、男の声が響いてくる。

『……からな。あんまりつきまとって迷惑かけるなよ』

健司の声。

自分のことを話しているのだろうか。

達生は目を閉じた。

『達生さんは俺のこと、迷惑なんかじゃねーよ』

昔と同じ、ちょっと拗ねたような俊広の声。

『何を根拠に言ってるんだか……』

健司のあきれたため息。

まったくだ、と達生も内心で同意する。

『おやすみ、兄さん』

と、かすかに届く声。

バタン、と閉じるドアの音。ふーっ、と健司の気だるげなため息が聞こえた。

着替えをする気配。ガタン…と引き出しを開け閉めする音。

パチン、と小さく、何かが割れるような音がした。それに思わず達生は眉をよせた。

そしてギシリ、とベッドのきしむ音が続く。

達生はむしりとるようにイヤホンをはずして、ケースにしまい、カバンの中に放りこんだ。

両手で顔をおおう。

しばらくじっと、何か痛みを耐えるように身動きできなかった。

ようやく顔を上げて時計を見ると、十時少し過ぎだった。

達生は窓際に立ち、真っ暗な夜の海を眺めながら携帯を手にとった。

「――三瀬です」

低く、連絡を入れる。

「十三日に入金があるようです。おそらく、五千万。時間と場所はまだ特定できませんが」

相手の声に達生は小さくうなずいた。

「ええ――、思ったより大金ですね。危険をおかす価値はあるでしょう」

それに返ってくる指示を慎重に聞いて、達生は応えた。

「わかりました。――それと……」

わずか逡巡《しゅんじゅん》してから、その依頼を口にする。

「ケイを、よこしてもらえませんか」

夕方以降で結構です、と淡々と用件を告げると、達生は携帯の電源を切った。

それをスーツのポケットにもどして、達生はごろりとベッドへ転がった。

考えることが多すぎた。……というより、勝手に頭に浮かんできてしまうことが。

神経を休めるようにじっと目を閉じていると、知らない間にうとうとしていたらしい。

軽いノックの音にハッと身じろぎした。

目の前の壁にかかった時計に目をやると、十一時前。三十分ほど、意識が飛んでいた。

もう一度、遠慮がちに響いたノックに、達生は布団をめくり、なかば身を起こしながら、

どうぞ、と返事をした。と、同時に気づく。

ノックされているのは、寝室のドアだ。外の、廊下に通じている居間の方ではない。

ということは——。

頭の中で答えが出ると同時に、俊広がひょいと顔をのぞかせた。

「起きてました？」

そしてチッと舌を打つ。

「残念だな。寝てたら、寝こみを襲おうかと思ってたのに」

冗談めかして言うのに、達生は嘆息した。

「……どうした？　こんな時間に」

「寝酒につきあってもらおうと思って。ほら、俺、達生さんと酒を飲んだことないですからね。ずっと一緒に飲めるの、楽しみにしてたんですよ」

ウィスキーのボトルをふって見せる。もう片方の手には、ちゃんとグラスが二個とアイスペールがつり下がっていた。

「未成年のくせに……」

新歓コンパですでに酒の入る大学生に言っても意味のないことだと思いながら、達生はつぶやいた。

「カタイなぁ…。でも達生さんだって兄さんとは夏休み、オヤジの酒くすねて高校生の時から飲んでたっしょ？　俺のことは仲間に入れてくれなかったけど」

それを言われると反論の言葉もない。

俊広は行儀悪く、足でドアを蹴飛ばして閉め、ずかずかと中に入ってくる。

俊広もシャワーは浴びたらしく、短い髪がわずかに湿っているのがわかる。服も寝間着代わりのような、ラフなスウェットだった。

まっすぐ近づいてくる俊広に、達生は無意識にローブの襟元を合わせ、ベッドの上に身を起こした。

飲むのなら、ソファのある隣の部屋の方がいいはずだった。

こんな、ベッドしかない部屋でなど……。

俊広はボトルとグラス、それに氷の入ったアイスペールをサイドテーブルにおいて、ドサッと無造作にベッドに腰を下ろす。

達生がすわったままの、そのすぐ横に。

達生は、あわてて逃げるのもおとなげない、というか、みっともない、というか、腹立たしい、というか……、そんな複雑な心境で、ベッドの上に上半身を起こしたまま、身動きとれなくなってしまった。

そんな達生にかまわず、俊広はグラスに二つずつ氷を入れ、ウィスキーを注いだ。

「け、健司は……、ずいぶん苦労してるようじゃないか。大丈夫なのか？」

何か普通の会話をしなければ、という思いが、そんな言葉を口走らせる。

「そうだな…。兄さん、俺にはあんまり話してくれないけど——」

はい、とグラスを一つ、渡される。

「今より、二、三年前の方がキツかったんじゃないかな。うちのホテル、どっかの企業の乗っ取りがかかったこともあるみたいだし」

「乗っ取り？　どこの？」

わずかに達生の声に緊張がにじむ。

「えーと。住之江《すみのえ》グループ、って言ったかなぁ…。よく覚えてないけど」

俊広は自分のグラスにウィスキーを入れながら、どうでもいいように肩をすくめた。

達生は、その名前には聞き覚えがあった。

表向きはそこそこ大きなリゾート開発会社だったが、裏では関東の大きな暴力団と関係のあるところだ。もともと、暴対法の施行《しこう》でその暴力団が表向きに作った会社だった。

「あ、でも今は心配ないみたいっすよ」

難しい顔をした達生に、俊広が軽い調子で言った。そして口をとがらせて見せる。

「アニキより、俺の心配をしてほしいな」

俊広に向き直った達生は、あからさまに嘆息して見せた。

「おまえの何を心配しろと言うんだ？　いいかげん頑丈そうなのに」

「ヒドイな。俺のハートは繊細《せんさい》なんっすよ」

片手で胸を押さえながら、俊広は靴を脱ぎ捨て、両足をベッドの上に持ち上げて、あぐらをかく。

「さびしい男心をもっといたわって下さいよ」

茶化すように言う俊広に、達生は手にしたグラスのウィスキーを一口、喉へ通した。

モルトの香りが沁みるように口に広がる。

「私ももう、おまえのお守りができる年じゃない。おまえだって……」

一瞬、その言葉が唇の端に引っかかる。

言って——いいのか？

言ってしまったら、どう話が転んでいくのか——。なかば予想はできる。

だが。知りたい、と、その答えを俊広の口から聞きたい、という自分でもわからない感情がわき上がっていた。

「……彼女の一人や二人、いるだろう？」

俊広がわずかに目を細める。だがその口調はあっさりとしていた。

「あ、俺…、女の子には興味ないっんすよ。ヘンですか？」

ちょっと笑うように言われる。

達生は瞬間、ドキッとした。まさか——、という思いと同時に、やはりと、思う気持ちが入り乱れる。

だが、そう聞かれてしまうと、何か返さないわけにはいかない。

「じゃあ、……何に興味があるんだ？」

スポーツか何か、を挙げられると一番、ありがたかった。が、期待していても、その確率がきわめて低いことはわかっていた。

「……あなた」

「私——？」

静かに返された答えに、一瞬口ごもって、そして達生はほんの少し口元を緩めた。

男、と言い出すかとは思った。だがいきなり、こうくるとは思わなかった。

「何がおかしいんだよ？」

ちょっとムッとしたように、俊広が眉をよせる。

「いや……。それは光栄だな、と思ってね」

本当に、ストレートだ。俊広は。

落ち着いた様子で、あっさりと切り替えされて、俊広はいくぶん不機嫌になった。

「……俺ね、達生さん。これでも努力したんだよ？　あなたのこと、忘れようって」

じっと達生を見すえて、俊広が言った。

「たくさん女の子ともつきあったし……、男ともね。でもやっぱり忘れられなかった」

ハッ、と思わず達生は俊広を見上げた。

男——と？

本当に……本気で、俊広が男とつきあったことがあるとは、達生は今まで考えていなかった。俊広の達生への気持ちは、幼い頃の憧憬《どうけい》が重なって、それが異性への想いと同じものだと、そう思いこんでいるだけなのだ、と思っていた。

——だから。

自分が、本気で相手にしてはいけないのだ、と。流されてはいけない。

適当にあしらっていれば、いずれ俊広は自分にふさわしい、ちゃんとした恋を見つけるだろうから——。

一時の幻想だけで、今までの優しい思い出まで壊してはいけないのだ……。と。

ふわり、と俊広が手を伸ばして、達生の頬に触れた。

瞬間、ビクリ、と達生は身を引いた。

知らず表情が強《こわ》ばっていた。

「そんなに恐いですか？」

俊広がクスクス笑った。ゆっくりと両手で達生の頬をはさみこむ。

ごつい手の感触にぶるっと達生は震えた。

追いつめられるように……ふり払うこともできなかった。

「俺がムリヤリ達生さんのこと、襲いにきたと思ってるんだ？」

にやっと笑って、俊広が意地悪く尋ねる。

「そっ、そんなことは――」

あわてて否定した達生に、俊広はクックッと肩を揺らせて笑った。

「実はその通りだよーんだ」

と。

言うが早いか、俊広はそのまま体重をかけ、強引に達生の身体をベッドへ組み伏せた。

「なっ…俊広――っ！」

達生の持っていたグラスが、床へ弾け飛ぶ。

何がなんだかわからなかった。

あっという間に達生の身体はベッドへ押しつけられ、どっしりした体重に上からのしかかられる。

「バカ…っ！　いいかげんにしろっ！」

殴りつけ、引きはがそうとする達生の腕を俊広は力ずくで押しとどめ、がっちりと両手首をとってベッドにぬいつけた。

握りつぶされそうな痛み。しかし、真正面に見える俊広の表情は微笑んでいる。

「……でもムリヤリじゃないよな？　達生さん、ホントは俺のこと、待ってたんだよな」

静かにそうつぶやく。その瞳だけが真剣だった。

達生は必死に首をふった。

待って……？

待ってなどいない！　そんなはずはない！

そんな達生をじっと見下ろしたまま、俊広は続けた。

「達生さんは俺のこと、好きだよ。そうじゃなきゃ、あなたがこんなにおびえるわけない。こんなに恐がったりしない。本当にあなたが俺のこと…、弟にしか思ってないんなら、あなたはもっと怒ってるよ。もっと怒ってて、……多分、悲しんでるはず……、かな。達生さんは知ってるはずだもんな。あなたが本気で抵抗するんなら…、俺、あなたに手を出すことなんてできないよ……？」

「やめろ…！　本気だ…っ！」

唇を震わせながら、達生はかすれた声で叫んだ。

しかし俊広は首をふった。

「あなたが俺の暴力を恐がるはずないからね。アニキがそうでしょ？　ホントの兄さんならね。今なら兄さんより俺の方が力は強いけど、でも兄さんが俺を恐がることなんてない。達生さんが恐いのはただ……、俺とそうなることだ」

達生は俊広の顔を見つめたまま、ただ息を吸いこんだ。頭の中が真っ白だった。

俊広が静かに達生を見下ろして、何とも言えない表情で微笑んだ。

「……男に抱かれるのが恐いわけでもない。でしょ？　達生さん、男の方が好きな人だもんね？」

さらりと言われて、一瞬、呼吸が止まった。

「お…まえ……、どうし…て……？」

「兄さんがね…、達生はそうだよ、って。かなり前から知ってたみたいだな」

「健司が……!?」

思わず、達生は叫んでいた。

そんな…、知っているようなそぶりは一度も見せたことはなかったのに……。

確かに中学、高校時代、何度か彼女を変えた健司と違って、達生は一度も彼女を作ったことはなかった。だが。

「それ聞いて、俺、やったっ、て思ったよ。達生さんがふつーに女の方が好きなら勝負になんないからな。兄さんには、おまえみたいな子供に、達生さん落とすのはムリだ、って笑われたけどさ……」

「健司が……」

達生はただあえぐようにつぶやいた。

ついさっきの、俊広の面倒を見てやってくれ、と言った健司の声が頭によみがえる。

——知っていて……？　知っていて、そう言ったのか……？

達生は愕然《がくぜん》とした。心臓がガンガンと音を立てている。

「ねぇ…。ガキの頃の八つって、すげぇ年の差なんだよね……。達生さんはいつでも、俺にとっては一番近くにいて……そして、ずっとずっと手の届かない人だった……」

少しかすれたような、いつになく穏やかな、どこかおとなびた俊広の口調に、達生はただ呆然と目の前の男の顔を見つめるだけだった。

——本当にいつの間にか、少年から、大人になった男の顔を。

「でも年っていうのは、ちょっとずつ、縮まっていくもんなんだよな。……ああ。わかってますよ。まだまだ今の俺じゃ、達生さんには追いつけない。達生さんを守ってやる、なんて言えない。でも——」

ちらっと、照れるように微笑む。

「でも俺、今の年なら、恋人としても全然不自然じゃないでしょう？　今ならもう、達生さんが八つ年下の子供に手を出したからって、犯罪でもないし」

「ば……っ」

——何が犯罪だ…っ！

思わず、達生はそう叫びそうになる。

確かに、それは高校生が小学生に手を出せば犯罪だろう。それが二十七と十九なら——。

だが。

「そういう問題じゃないだろう……っ」

そう怒鳴り返す自分の声はどこか弱々しい。

まっすぐに見つめてくる俊広の目から、どうしようもなく視線をはずす。

「ホントはもうちょっと…、俺もハタチを過ぎるまで待つつもりだったんですよ？　ハタチを過ぎたら、俺から達生さんに会いに行こうってずっと決めてたんです。そしたら達生さん、いきなり来るんだもんな……。びっくりしましたよ」

ぎゅっと唇をかみ、目を閉じて、達生は横を向いていた。

しばらく、俊広は何も言わなかった。

ただじっと、自分の顔に、肌にあたる視線だけが痛い。

ふわっ…と、吐息が首筋にかかり、達生はビクッと肩を震わせた。

背《そむ》けた横顔の、首筋から耳のあたりに柔らかく唇が落とされる。

そっと、熱く、丹念に……何度も。

そして、吐息を吹きこまれるように、耳にその――致命的な言葉を落とされた。

「好きです……、達生さん。ずっと…あなたが欲しかった……。俺、本気ですよ」

「――ダメだ……」

反射的に、達生は叫んでいた。

「ダメだ……、俊広。やめろ……」

押し殺した声で言うのに、俊広は仕方ないな、という感じで小さく笑った。

ゆっくりとつかんでいた手首を放し、今度はそっと、肘《ひじ》で達生の両肩を囲むようにして、指先で達生の頬から額をそっとたどる。

「年下の男にヤられるの、嫌ですか？　プライドが許さない？」

こめかみにキスを落とすようにしながら、俊広がささやく。

「そんな……」

考えてもいなかったことに、達生は混乱したまま首をふる。

「なんなら達生さんが俺をヤッてもいいですよ？」

「――そうじゃないっ！」

さらりと言われた言葉に、達生は何か腹の底から吐き出すように叫んだ。

「やめろ、俊広……。絶対に……後悔する」

「どうして――？　男同士なんてたいしたことじゃないでしょ？」

達生は首をふり続けた。

そうじゃない。そんなことじゃない――――！

知らず、うっすらと涙がにじんでいた。

ダメだ、と達生にはわかっていた。

ここで俊広を受け入れたら……その分だけよけいに、深く、あとで俊広が傷つく――。

だがそれを口にすることはできなかった。

何も言えず、ただ首をふるだけの達生は、今までと立場が逆転したように、まるでがんぜない子供のようだった。

そんな達生をあやすように、俊広は小さく微笑みながら、達生の髪に、こめかみに、優しいキスを繰り返す。

「それでも、達生さん…、俺のこと、好きだよね？」

あぁ…、と震えるように達生は息を吐き出した。

落ちていく。引きずられる。

——陥落《かんらく》する——

そんなどうしようもない想い。

どうすればいい————？

可愛い……大切な、弟だったのに。ここで突き放すことができなければ、もっとつらい思いをさせることはわかっているのに……。

だが昔から……そう、昔から、達生は俊広のこうと決めた意志を変えさせることはできなかった。

意地を張って、ごねて、泣いて。あらゆる手段を使って俊広は自分の意志を通してきた。

——ずるい、ヤツだ……。

拒《こば》みきれない。

ずっと……好きだった。

——いつからだろう……？

小さな男の子がだんだん大きくなって、自分の背丈を追い抜いていく姿を見るのが苦しかった。

いつか……自分の手の中から逃げていってしまうようで。小さな男の子の頭を撫でてやりながら、本当は自分が撫でてもらっていた。

ただ純粋に、達生さんが好きだよ、と言ってくれる俊広の笑顔がうれしくて。

抱くこととか、抱かれることとか——そんな肉感的な想いよりもずっと、手放したくない、という気持ちの方が強かった。

——三年前。自分にも俊広への身体の欲求があるのだ、と思い知らされるまで。

頭を撫でるだけで足りなくなったのは、自分も同じだった。

この指に触れられて、唇の熱を感じて。

体中の血が沸騰《ふっとう》するようだった。

もう……きれいなだけの思い出では終わらない。

達生は深く息を吸いこんだ。

……すまない……。

心の中で俊広につぶやいて、そっと上がった達生の手が、俊広の髪に触れる。

「達生さん……！」

それを待っていたように、俊広が達生の身体に食らいついてきた。

ほとんどむしりとるようにバスローブが脱がされ、貪《むさぼ》るように胸を、唇が這いまわる。

「……っ、とし……！」

もっと落ち着け、と思わず、達生が声をかけたくなるほど、性急に求めてくる。

ハッと我に返ったように俊広が顔を上げ、両手で頬をはさむと、かみつくように唇を合わせてきた。

まずキスから、という手順が俊広にはあるのだろうか。それを忘れて突っ走りそうになったらしい俊広の様子に、思わず笑いがこみ上げながらも、……同時に達生の目には涙がわき上がっていた。

――死ぬほど後悔するとわかっているのに。

俊広も……そして、自分自身も。

三年前よりも、ずっと俊広のキスはうまくなっていた。舌をからませ、吸い上げる強さもタイミングも。

唾液《だえき》が溢れてしまうほど何度もキスをかわし、それから俊広の唇は徐々に下へ降りていった。ピチャピチャ…と濡れた音をさせながら、全身をなめ上げてゆく。

その耳を弾く恥ずかしい音と俊広の荒い息づかいが、達生の身体にこもる熱をさらに上げていく。

「……俊広……、明かりを消してくれ……」

達生は俊広の分厚い肩につかまりながら、あえぐように言った。

しかし俊広は、達生の背中を抱き上げて首をふる。

「ダメですよ。達生さんのキレイな顔、いっぱい見せてもらわなきゃ……」

そして達生の膝をつかんで、強引に割り開く。

「とし…っ！」

「——ココもね」

すでに反応を始めている達生の中心を明かりの下でじっくりと眺め、大きな手のひらに包んで上下にしごき始めた。

「——くっ…、は…っ…ぁ……」

達生は必死にあえぎをかみ殺す。

「声、出していいのに」

残念そうに俊広がつぶやく。

達生はぎゅっと目をつぶって首をふった。

「でもそうやって、必死に抑えてる顔も、すげー、ソソられる……」

耳元でコソッと言われて、達生はたまらない気持ちになった。

わずか、身体を持ち上げられるようにして引きよせられる。達生は荒い息をつきながら、俊広の肩にしがみついた。

俊広の身体に見合った大きさのものが達生の下腹部にあたり、そのせっぱつまった状態を教えていた。熱く、トクトクと息づいているのが生々しくわかる。

俊広の両手が、性急に達生の尻をもむ。そしてその間に指が伸びてくる。

「あ…っ…」

思わず達生の唇から、頼りない声がもれる。

しかしかまわず、俊広の指は一番奥まった部分へもぐりこんできた。

「い…っ！」

その痛みに、小さな悲鳴が歯の隙間から上がる。

ハッとしたように、俊広はいったん達生の身体から離れ、ベッドの下に脱ぎ捨てたスウエットのズボンのポケットを探った。

チューブのゼリーをとり出すと、手のひらに絞り出す。

そんなものまでちゃんと準備して来たのか、と思うと、達生は泣きたいような、笑いたいような気持ちになる。

ごつい指先が、今度はぬめりとともにスムーズに後ろへ入りこんできた。達生としても、もちろんこれが初めてなわけではない。

「く…、ふ……、ん……ぁ……」

抜き差しされるたびに、徐々に快感が引き出されてゆく。唇からもれる声がだんだんと甘く、かすれてくる。

「気持ちいい……？　ね……？」

その唇に何度も口づけながら、俊広は順番に指を増やしていった。

無意識にその指をしめつけている自分に、達生はどうしようもない羞恥を覚える。

俊広に操られるように、指でポイントを突き上げられるたびに、間欠的《かんけつてき》な声が上がった。

「なんか……悔しいな」

うめくように俊広が言った。

「俺より早く、達生さんのココを知ってるヤツがいるかと思うと……」

「バカ…、そん…な……。——あぁっ！」

ぐるっと中で指をまわされ、こすり上げられ、そしてクリクリと一番感じる場所を刺激されて、達生はこらえきれずに声を放つ。

「やめ…っ、もう……っ！」

「腹立ちますよ…。こんなに……いやらしくあなたの身体を開発した男がいるのかと思うとね…。八つの年の差っていうのが、こんなに歯がゆいなんて……」

「あぁ…っ、あぁぁ……っ！」

どうしようもなく、達生は自分のモノを俊広の腹にこすりつける。それはねだるように淫《みだ》らに、先端から滴《しずく》をもらしていた。

「俺があなたより年上だったら…、絶対、誰にも触らせなかったのに……」

くそっ、と吐き出すと、俊広は指を引き抜いた。肩で大きく息をつきながら、じっと達生の潤んだ目を見つめた。

「でももう…、この先は俺だけですからね……」

にやっと、精悍《せいかん》に笑ってみせる。そして自分の猛《たけ》ったものを、達生の後ろに押しあてた。

「とし…ひろ……っ！」

くる——、という感触に、達生の身体が震えた。それを待ち望んで、熱く、身体の奥が疼《うず》くのがわかる。

「は…、んっ、あぁぁぁぁ————っ！」

貫かれた瞬間、達生は大きく背中をのけぞらせた。

その背中をきつく抱きしめたまま、俊広はいくども突き上げた。

「達生さん…っ！」

アッというまに俊広は達生の中で爆発し、達生も同時に達していた。

ぐったりと、汗に濡れた熱い身体が沈んでくる。

おたがいに荒い息をつきながら、じっと俊広が達生を見つめた。大きな手のひらが達生の額の汗をぬぐい、前髪を撫で上げる。

「……言って下さい、達生さん……。俺が……好きだって」

熱い眼差しで、大きな子供がねだってくる。

達生は泣きそうになりながら、そっと微笑んだ。

「好きだよ…、俊広……」

同じように俊広の髪を撫でながら、ささやくように達生は言ってやった。

本当に、おまえはずっと――俺の宝物だったよ……。

――それを、自分の手で壊してしまうのだ……。

達生は深く息をついて、目を閉じた。

だから。

今だけは、何も考えずに溺れてしまおう。明日など考えずに。

俊広の唇が、再び甘い熱を求めて達生の身体を探り始める。

達生はそのよせ返す波のような絶え間ない愛撫に、身を任せていった――。

5

駅前にさしかかる手前の角で、地味な灰色のバンがスッ…と音もなく停止する。

助手席から淡いクリーム色の上品なスプリングコートの裾をひるがえして、一人の女が降りてきた。

開けたままのドアから中をのぞきこんで、

「じゃ、私はここからタクシーを拾うわね」

と、それだけ言うと、バタン…とドアを閉ざした。

バンは女をおいてそのまま、駅前の混雑した車の流れの中に消えていく。

「さて…、ふらふらしてないかしらね、あの人は」

小さなボストンバッグを片手に、タクシーの順番待ちの列に並びながら女は一人、つぶやいた。

丸三年間のつきあいになる同僚、三瀬達生は、一足早く現場に潜入していた。

常に冷静沈着で、感情をあまり表に出すことのない彼は、実は結構、負けず嫌いだと彼女は思っている。だからその彼が応援要請をしてくることは、相当にめずらしかった。

作戦《ミッション》自体は、しかしそれほど困難でも複雑でもなかった。今までもいくどとなくこなしてきたものと同じ。比較的単純なパターンとさえ、言える。

要するに証拠を固め、現場を押さえるだけ、なのだから。

……むろん、それは必ずしも危険度が低いというわけではなかったけれど。

だが彼にとっては今までのどんなミッションよりも困難なものになるだろうことは、彼女にも想像できた。

被疑者が十数年来の親友ともなれば、それも当然だろう。

あえて彼自らが志願した潜入捜査だったが――むろん、親友という立場ならば入りこみやすかった、ということはあるにせよ――やはり内心の葛藤はあっただろう、と思う。

彼が多くを語ったわけではなかったが、それだけでなく、何か他にも、達生が心の中に抱えているように彼女には思えた。

だからこそ、バックアップが必要だったのだろう。

彼女はちらりと、腕時計に視線を落とす。

少し早かったが、不意打ちで様子を見たいいたずら心もあった。

彼女はタクシーに乗りこんで行き先を告げた。

「ホテル・ジュビリーに」

女の名は水原珪子《みずはらけいこ》という。肩書きは麻薬取締官。

日本で、およそ唯一潜入捜査の認められている司法警察官である――。

※　　※

……どうして泣くの？

ねぇ、なんにも恐いことなんてないよ……。


達生が目覚めた時、腕の中に俊広がいた。

すでに達生よりもひとまわり以上も大きくなった身体で、子供の頃とまるで同じに、達生の胸にしがみついてぴったりと頬をよせている。

無防備な……安らかな寝息を立てて。

口元に浮かぶ微笑みが、ほんの幼い頃のあどけない俊広と重なる。

同じ、寝顔。

しかし身体にかかる重みが、俊広はもう幼い少年ではないのだと教えている。

達生はそっと手を伸ばして、短い、ごわごわした俊広の髪を撫でた。

ふいに、何か熱い塊《かたまり》が身体の奥からこみ上げてくる。まぶたが焼けるように熱を持った。

……達生さん、どうして泣くの？　なんにも恐いことなんてないのに？

心配することなんて何もないよ――。

少し笑うような、とまどうような声で、昨夜、俊広は何度もそうささやいた。

――それほど……私は泣いていたのだろうか……？

意識にはなかった。

だが、求められることがどうしようもなくうれしくて――悲しくて。

身体がつらいわけではなかった。弟同然に思ってきた八つも年下の……親友の弟に、手を出すのが恐かった、というだけでもない。

――そんなことよりも………。

達生はしばらく、俊広の寝顔を眺めた。震える指先で、そっと俊広の唇に触れ、頰に触れた。

後悔だけが押しよせてくる。

やはり――受け入れるべきではなかった……。

達生は自分の弱さを呪った。

やはり、自分が来るべきではなかった。このミッションからは、はずしてもらうべきだったのだ――――。

俊広を起こさないように、そっと達生はベッドを離れた。

身体を包んでいた温もりが遠くなり、薄ら寒さが肌を刺す。

海から昇った陽が、薄いカーテンをぼんやりと赤く染める。

実質、三時間ほどしか眠っていなかったが、眠気は感じなかった。

俊広が引きむしるようにして脱がせたローブが床に落ちたままで、達生はそれを拾い上げてバスルームに入った。

ゆっくりと、全身を洗い流す。

俊広の匂いも、体温も……、その優しくて強い指の感触も。耳元でささやかれた、たくさんの言葉も。すべて。

鏡の前に立って、達生は情けない自分の顔を見つめた。

胸元にいくつも残る赤い痕が目に痛い。

激しく求められ、愛されて――同じ想いなのに。

鏡の中の男が、静かに涙を流していた。

声を殺して、肩を震わせて……。

『おかしいな、トシくん。どうしてそんなに泣いてるの？　なんにも恐いことなんてないよ……』

かつてそう言った、自分の声が耳によみがえる。たわいもないことでわんわん泣いていた俊広を宥《なだ》めて。

その同じ口調で、昨夜、優しく達生の身体を愛撫しながら俊広が何度もささやいた。

俊広にはそれが、達生の罪悪感だと思えたのだろうか……。男同士ということへの。あるいは親友の弟と寝ることへの。

壁によりかかり、達生は深い息を吐き出した。じっと痛みをこらえるように、胸のあたりを押さえる。

俊広との間にあった、曖昧で不安定な緊張の糸は切れてしまった。おたがいの傷を深めないようにと、必死に守ってきた堰《せき》はもろくもくずれた。

もう、迷う必要はなくなったのだ……。

達生に選択肢《せんたくし》はなかった。

あとは――突き放すしかない。

しょせん、初めから無理だったのだ。

俊広の思い出の中で、きれいなままでいようなどという考えが甘かったのだ……。ならば。

思いきり憎まれた方がいい。さげすまれ、軽蔑されて……もう顔も見たくないと思われるほど。

達生はもう一度、鏡の中の自分を見た。

——もう二度と泣いてはいけない。俊広の前では。

泣いては、いけない……。

自分に強く言い聞かせる。

さあ。作戦《ミッション》に、入るのだ——。

※　　※

シャワールームから出た達生はきっちりと服に着替え、コーヒーを沸かして、テレビをつけた。

朝のニュースに合わせてボリュームを極力落とし、ドアの隙間から差しこまれていた新聞をとって、ソファに腰を下ろす。

ありふれた日常をなぞるように。

と、ふいにけたたましく電話が鳴った。

わずかに隣の寝室の方に目をやってから、達生は受話器を上げた。

「——はい？」

「達生か？　俺だ。悪いな、朝っぱらから」

健司の声だった。

「ひょっとして俊広のヤツ、そっち行ってないか？」

一呼吸おいて、達生は静かに答えた。

「あぁ…、来てるよ。ゆうべ酒を持ってきて、そのまま沈没してまだ寝てる」

よどみない達生の答えに、チッ…と健司が舌を鳴らす。

「あのやろう。しょうがないな……」

「まぁ、ここじゃ大学の友達とコンパというわけにもいかないからな。俺はちょうどいい酒の相手だったんだろう」

「あいつ……、何か迷惑をかけたんじゃないのか？」

いくぶん探るような、微妙な調子。

そう、健司は俊広の——弟の、親友への気持ちを知っているのだ……。

しかし達生はさらりと返した。

「いや…、別に」

そうか…、とため息をつくようにつぶやいた健司は、調子を変えてうめいた。

「従業員のくせに客の部屋で寝こむとはな…。朝の仕事もあるってのに。たたき起こして、放り出してやってくれよ」

ああ、わかった、と達生は小さく笑って受話器をおいた。

と同時に、寝室のドアが開く。

「……達生さん……?」

パンツ一枚の寝ぼけ眼《まなこ》で、俊広がぬっと姿を現した。

達生はさりげなくそれから視線をそらせて、ソファにすわり直す。ボリュームを落としていたテレビの音声を、リモコンで大きくする。

「——あ、電話、ひょっとして兄さんから?」

そのベルで目が覚めたらしい。あわてたように俊広が尋ねた。

「ああ。さっさと仕事にこい、と言ってたぞ」

新聞紙を広げながら、淡々と達生が答える。

ウヘーッ、と声を上げて、俊広は壁の時計を見上げた。

「ゲッ、もう八時じゃんっ!」

一声叫ぶと、俊広は寝室へとって返して、急いで身支度をした。そして再び飛び出してくると、ソファにすわってコーヒーを飲んでいる達生の背中から腕をまわしてきた。

「――おはよう、達生さん」

俊広にとっては初めての夜のあとで、甘えたいのとはしゃぎたいので浮かれ気味なのだ。

「おはようのキスが欲しいな」

くすぐったいような声で言った俊広に、達生はあえて無表情なまま、さらりとその腕を払った。

「仕事だろう？　早く行きなさい」

「……達生さん？」

視線も合わせないままに、邪険、というよりは無関心な態度で言われて、俊広がとまどったように立ちつくす。

「照れてんの？　つれないなぁ……」

そっけない達生の態度にいぶかりながら、それでもあわてていた俊広は、あとでねっ、と言葉を残すと、バタバタと出ていく。

バタンとドアの閉じる音に、達生は形だけ持っていた新聞をテーブルに落とし、大きく息を吐き出した。

寝室から張り出している、海に面した小さなテラスで朝食をとることもできたが、達生はあえて一階のレストランまで降りた。

ルームサービスを頼めば、俊広が来ることは目に見えていたからだ。

窓際の席で、温かいクロワッサンとサラダ、フルーツ、スクランブルエッグにベーコンという本格的なブレックファーストを運んでもらう。

客は他に、一組の初老の夫婦が朝食をとっているだけだった。

もともと、このホテルの客の年齢層は少し高めだ。海に遊びに来るカップルの多い真夏以外では、特にそうだった。達生もこの年になってようやく追いついてきた、というところだろうか。

昨日見かけた堀江《ほりえ》とかいう中年の男と、その連れの水商売風の女の姿はない。

顔なじみのシェフが挨拶してくるのに、にこやかに受け答え、達生は食事を終えてロビーへ出た。

四十代後半ほどのカップルがチェックアウトをしていた。

きっちりとしたダークスーツを身につけたフロアー・マネージャの沖が、玄関まで客を見送っている。

白髪混じりのダンディな雰囲気に、スーツ姿はよく似合っていた。年々、似合ってくる。沖自身にも、このホテルにも。

二十年以上…、いや、ひょっとすると三十年以上もここに勤め、住処《すみか》としている沖は、すでにこのホテルの一部になっていた。

――もし、ここがなくなったら。

ふと、達生は思う。

彼はどうするのだろう……？

「おはようございます、三瀬さま」

玄関先からふり返った沖が、達生を見つけて丁寧に挨拶してきた。

「おはようございます、沖さん」

「おや。よくお休みになれませんでしたか？　少しお顔の色がすぐれないようですが」

首をかしげて、沖が達生の顔をじっと見る。

さすがに接客の仕事が長いだけに、人の顔色を見るのに長《た》けていた。

「……ああ、そういえばゆうべは小さい坊ちゃんがお部屋にお邪魔していたそうで」

得心《とくしん》したようにうなずく沖に、達生は苦笑して見せた。

健司から聞いたのか、俊広が遅刻の言い訳にしたのか。まさか俊広にしても、本当のことを吹聴するほど子供でもないはずだが。

「ひさしぶりでうれしかったのでしょうね。坊ちゃんは本当に昔から三瀬さまに懐いておいででしたから。――あ、いいえ、従業員がお客様の睡眠を邪魔するようでは問題ですが」

微笑んでいた沖が表情を作り直して、コホン、と咳払いをした。

三瀬さまは静養にいらしているのですし、と続けた沖に、達生は首をふった。

「いや、どうか気をつかわないで下さい。静養というほど大げさなものではありませんから」


そして、ふと思い出したように、達生は言った。

「……そういえば、先日、ここの従業員が亡くなったそうですね」

とたんに沖が眉を曇らせた。

「それは、オーナーからお聞きに？」

「いや、噂と新聞で。私の知らない男のようだけど」

「ええ…、二年前に来た者ですから」

さすがに死んだ人間の話をするのははばかられるのか、いつになく沖の歯切れが悪い。

「めずらしいな。新しい人間を雇うなんて」

何気ない調子で、達生は言った。

ここのホテルにいるのは、たいてい古くからの人間ばかりだ。結婚や何かで若い女性が入れ替わるくらいで、その従業員も募集するわけではなく、縁故や紹介が多い。

「オーナーが入れられた者でしたが…。従業員の間でもあまり評判はよくありませんで」

沖も、馴染みの達生相手であるせいか、言葉をにごしながらも口を開く。

「勤務状態がよくなかったの？」

「働いている、という感じではありませんでしたね。何と申しますか…、女性のお客様にも馴れ馴れしく、ホテルの信用と品格を落としているような有様で」

すでに故人ではあるが、それでも思い出したように沖は眉をしかめる。

「へえ…。そんな人間を健司がどうして…」

「それは私《わたくし》にも。いくどか、お尋ね申し上げたのですが」

尋ねた、というより、辞めさせるように進言した、というところだろう。

「地元の人間じゃなかったの？」

「オーナーが東京で知り合った者だそうです。オーナーは最近……」

何か言いかけ、沖はふいに口をつぐんだ。

そして代わりにじっと達生の顔を見つめる。

「三瀬さま…、どうか坊ちゃん方のお力になって上げて下さいませ。お願いいたします」

そう言って深々と頭を下げた沖に、達生はとまどった。

健司たち兄弟が生まれた時から二人を家族同然に見てきた沖には、何か感じるところがあるのかもしれない。

おそらくは、健司の微妙な変化も――――。

達生が一瞬、答えを迷っている間に、リリーン…とフロントでクラシックな電話のベルが鳴った。

失礼します、と沖がきびすを返した。

客からの要請があったのだろう、彼がフロントを離れると、達生は素速くあたりを見まわした。

ロビーに人影はない。

躊躇《ちゅうちょ》せずフロントの奥へまわりこんだ達生は、中央の広い引き出しをそっと開けた。

一番上に濃いグリーンの革表紙に装丁された宿泊者名簿がある。引き出しを開けたままで、達生はそれを開いた。

十日、昨日からの宿泊に自分の名とそして堀江夫妻——名簿上は夫婦になっている——、そしてさっきチェックアウトしたらしいカップルと、残っている一組の名前がカフェにいた初老の夫妻だろう。彼らは十五日までの滞在予定になっている。

堀江夫婦が十三日までの予定になっているのに、達生は目をとめた。

さらにページを繰って、明日、十二日からの予定をチェックする。金曜にあたる十二日には三組の予約が入っていた。一組は地方から、もう二組は東京からだ。

松崎、そして伊藤というその東京組の住所と氏名を、達生は記憶した。

すべて夫婦なのか、二名ずつの宿泊だ。

十三日には東京から一組。それも一応、チェックする。

それから達生は名簿を閉じ、引き出しを元にもどした――その時だった。

「――達生さん？」

いきなり背後から声をかけられて、達生はビクリ、と肩を震わせた。

「俊広……」

そっとふり返って、達生は小さく息を飲む。

シーツを抱えた俊広が不思議そうな顔で立っていた。これからチェックアウトした部屋の掃除だろうか。

「何してんの？　そんなとこで？」

「いや…、別に」

つっこまれたら答えにならないところだったが、俊広はそれ以上深く尋ねてはこなかった。代わりににかっと満面に笑みを浮かべて近づいてくる。

「朝メシ、下で食べたんだ。ちぇっ。部屋でとってくれれば俺も一緒に食えたのにー」

何の迷いも疑いもない、無邪気な笑顔。

達生は思わず俊広から目をそらした。

「あ、そうだ。これ」

よいしょ、と俊広が抱えていたシーツをフロントのテーブルにどさりとおき、ポケットを探ってチャラリと小さなものを達生に差し出す。

「なんだ？」

「兄さんのランクルのキー。達生さん、車、使いたいって言ってたでしょ？　今日なら一日空いてるから、勝手に使っていいって」

「……ああ。ありがとう」

そういえば昨日、俊広に頼んでいたことを達生は思い出した。

手を伸ばした達生の手のひらに小さな金属が落ちる。

——と同時だった。

「とっ…俊広…！」

いきなり腕をまわして達生の背中を抱きしめた俊広は、そのままテーブルにおいたシーツの上に、達生の身体を押し倒すようにして体重を乗せてきた。

その勢いに指先からキーがすべり落ちる。

「何を…っ！　こんなところで……！」

さすがに達生はあせった。

ここはホテルの玄関口、それもフロントの上なのだ。

しかし俊広は達生の肩を押さえこんだまま、くすくす笑いながらそっと耳元でささやいた。

「……身体、大丈夫だった？　ゆうべ俺、スゲェとばしちまったから。我慢できなくて」

小さい頃の、いたずらっ子の口調そのままだった。

達生はその重みと熱を感じながら、わずかに顔をそらせた。小さく、息を整える。

「やめなさい、こんな子供じみたまねは」

達生は静かに言って、ぐいっと俊広の腕をつかんだ。無理に引きはがそうとしても、力でかなわないことはわかっていた。

だがそれだけで、ハッとしたように俊広は身を離した。

「……ごめん。達生さん、怒った？」

昨日までのように、ただうろたえているのではない。達生が本気で言っていることを感じたのだろう。

俊広は不安げな眼差しで、上目づかいに——もっとも目線は達生より上だったが——達生を見た。

達生はその表情に胸をつかれながらも、俊広を軽く押しのけ、あえてあきれたようなため息をつく。

「おまえも大学生になったんなら、もう少し分別を持つんだな」

「ごめん…。でもしょうがないだろ？　俺、ずっと夢見てたことが現実になったんだよ？　なのにさ、達生さん、今朝から妙に冷たいんだもんな……」

いくぶん拗《す》ねたように、そしてなかば同情をかうように、俊広が言ってみせる。そうすると、今までなら達生が折れてくれたことを知っているからだ。——だが。

「……やはり子供とはつきあいきれないな」

達生は淡々と自分につぶやくように言って、床に落ちた車のキーを拾い上げた。

その言葉に、ハッと俊広が身を強《こわ》ばらせたのがわかった。

空気が急激に冷めたようだった。

「達生さん……、ヘンだよ。そんな言い方、達生さんらしくないよ。ちゃんと俺の方見て話してよ」

わずかに声を固くして、俊広が思わずといったように達生の腕をつかむ。

強引に向かされて、達生はようやく俊広をふり返った。

まっすぐに見つめてくるおそろしく真剣な瞳に、達生は必死に向かい合った。

そして自分の声が震えるのを抑えるために、達生はあえて低く、ゆっくりと言った。

「……ヘンなのはおまえだろう。一度寝たからといってもう恋人気どりか?」

その一瞬に、俊広の顔色が変わった。

自分でもどれだけひどい言葉か、達生にもわかっていた。しかしあえてきつい言葉を選ぶことが、今の達生には必要だったのだ。

「……ちょっ……」

俊広が愕然《がくぜん》としたように言葉をつまらせる。

つかまれていた腕から力が抜け、達生は立ちつくす俊広から背を向けて、何事もなかったように歩き出した。

「ちょっと、何だよ、それっ！　どういう意味だよっ⁉」

わずかな間をおいて、俊広の大声が背中をたたく。どしどしと近づいてくる気配に、身がすくむ。

「――坊ちゃん？」

と、ちょうどもどってきた沖が、俊広の叫びを聞きつけたのだろう、いぶかしげな声を上げた。

ハッと足を止めた俊広が、バツが悪いように黙りこんだ。

しかし体裁《ていさい》が悪いのは達生も同じだった。さっき沖からは、兄弟を……頼むと言われたばかりなのだ。

二人の間の不穏な空気を感じたのだろう。

もの問いたげに達生を眺める沖にぎこちない会釈だけを返し、達生は沖の横をすり抜けて部屋へ帰った。

ドアを閉めた瞬間、そのドアにもたれて達生は肩から深い息を吐き出した。

心臓のあたりが鉛《なまり》のように重かった。

俊広の傷ついた表情。眼差し。その声――。

突き刺さるように達生の目や耳によみがえる。

それを追い払うように首をふって、達生はクローゼットの中のジャケットのポケットから小さな手帳をとり出した。そしてさっき名簿で見て記憶した名前と住所、そして電話番号を思い返しながら、ゆっくりりと順に記していく。

と、朝、俊広が起きたまま、寝乱れたベッドが目に入った。

ズキッと胸の奥に痛みが走る。

達生はそっとベッドに近づいて、シーツに指をすべらせた。

その失った温もりを探すように――。

6

昼前になって、ちょうどフロントへ降りようとした時だった。

いきなり鳴り出したベルに達生はビクリ、とした。

ただでさえ、俊広がいつ部屋へやってくるかと思うと落ち着かない。

顔を、合わせたくなかった。自分が何を言うか――何を言っていいのか……、わからなくなる。すぐにボロが出そうで恐かったのだ。

達生は小さく息を整えて、受話器を上げた。

相手は沖だった。

お客様でございます、という言葉に、達生は思わず時計を見た。

ケイ――珪子がくるにはまだ早かったが、それでも他にあてはない。

ホールに降りたとたん、まわりに響くほどの――故意にだろうが――快活な声を上げて、

「――達生！」

達生と同い年ほどの女性が走りよってきた。

ツバの短い帽子と、春らしいシンプルなワンピースが、いつになく柔らかい印象を作っ

ている。ちょっといいとこのお嬢様ふうだ。

すっきりと整った容姿の珪子は、マジメなＯＬでも、色っぽいバーのマダムでも、そして名家の若奥様にでも、何にでも化けられる。

地《じ》の彼女は、いささか乱暴なほどおおざっぱで、さっぱりした気性なのだが。

「ケイ……、どうしたんだ？　いきなり」

達生も大げさに驚いた声を上げてみせた。

「何言ってるの。あなたこそ、いきなり仕事を休んで休養だなんて。びっくりしたわ。もっと早く知らせてくれてもいいじゃないの」

軽くなじるように達生の腕をたたいた珪子が、ちらりと瞳だけで笑った。

「君に心配をかけたくなかったんだよ」

「何にも言ってくれない方がよけい心配だわ。身体、大丈夫なの？　うちの両親も心配してるのよ？」

「大げさだな。単なる過労だよ」

芝居を続けながらそっとあたりを見まわすと、昼食までの時間つぶしか、昨日と同じように堀江夫妻がロビーの一角にすわっていた。

女の方がいくぶん無遠慮にじろじろと珪子を眺めている。明らかに不機嫌そうだった。

男の方はこちらに背を向けて、新聞を開いているままなので、表情はわからない。

「ケイ、その荷物は……？」

珪子の足元にある小さなボストンに目をとめて、達生が尋ねた。

「あら、私も今日から一緒に泊まるわ。かまわないでしょう？」

彼女が当然のように言う。

「おいおい…、そんな急に……。仕事は？」

「一日休めば週末ですもの。私が一緒で、何かまずいことでもあるの？」

くすくすと笑って言われて、まいったな、と達生は前髪をかき上げ、ため息をついた。

そして、仕方がない、という様子で、フロントの沖のところまで歩いた。

ホテルマンの礼儀として、まったく聞こえていません、の様子で立っていた沖は、何でしょうか、と視線を上げた。

「一人、その…、泊まりを増やしてもらってかまわないかな？」

決まり悪そうに言ってみる。

「ええ、それはもちろん。同じお部屋でよろしゅうございますか？」

コホン、と咳払いを一つしただけで、表情は変えずにさらりと沖が対応する。

「ええ……。それと、夕食を一人分、追加してもらえますか？」

「かしこまりました」

お手数かけます、と言って、ふり返った達生は、アッと息を飲んだ。

目の前に、俊広が立っていた。

凍りついたような目で達生と、そしてその横に立つ珪子を見つめて。

達生は思わず視線をそらした。

「……達生？」

自分の役割を理解している珪子が、怪訝そうな声で、するりと達生の腕に指をからめてくる。そして不思議そうな目で、俊広を見上げた。

そのいかにも親しげな様子に、ハッと俊広が息を吸いこんだ。

「……誰……だよ……？」

呪縛《じゅばく》がとけたように、一歩近づいて俊広が叫んだ。

「俊広……」

「その人……、誰だよ！　達生さんっ！」

いらだたしげに、さらに俊広の声が感情的になる。

俊広の大きな手が達生の肩につかみかかる。

その荒々しさに珪子が小さく悲鳴を上げた。

「あんた昨日、俺に言ってくれたよな！　俺のこと――」

「俊広！」

叱りつけるような口調で達生が呼ぶと、俊広はクッと唇をかんで、しぶしぶ手を離した。

条件反射のようなものだろう。達生が本気で叱る時には、やんちゃな俊広も昔からおとなしくしていた。

だが、今は違う。俊広が悪いことをしたわけではなく……自分の方が、ずるい、だけなのだ――。

達生はごくりと唾を飲みこんだ。

「どうかしていたんだよ、昨日は。おまえも、あれで気がすんだだろう？　いいかげん目を覚まして、現実を見ろ」

俊広が真っ青な顔で、達生を見つめたままブルブルと震えていた。

「ウソだったのか……？　達生さん…、俺に同情して……それだけだったのか……っ⁉」

かすれた声でつぶやき、俊広が達生ににじりよってきたところで、背後から別の声がした。

「――おい、俊広、ロビーで何を騒いでるんだ？」

厳しい口調で健司が足早にやってくる。その横に、驚いた顔で兄弟の母親の姿もあった。

俊広がぎゅっと拳《こぶし》を握って、達生から顔を背けた。

「どうした、達生？」

剣呑《けんのん》な二人の間の空気に、弟と親友を見比べて健司が眉をよせた。

「いや……」

と、達生が言葉をにごしたのに、健司は横の珪子に目をとめた。

「こちらは？」

聞かれて、達生は小さく息を吐き出した。

「ああ…、こちら、水原さん」

ちょっとぎこちなく、達生が彼女を健司に紹介する。

「ケイ、こいつがよく話してる…、柚木健司だよ」

これはよろしく、となかば驚いたように、そしてもの問《と》いたげな視線を達生に向ける健司に達生が答えるより早く、横にいた健司の母が華やいだ声を上げた。

「……ま、三瀬さん。こちら、婚約者なのね？　いやだわ。こんなおきれいな方を隠していらっしゃったなんて」

はしゃいだ様子で微笑む母親に、健司がさすがに驚いた顔をした。

そして俊広も息を飲み、大きく目を見開いてバッとふり返った。

両脇で震える拳をぎゅっと握り、信じられない、と、そして同時に信じたくない、というすがるような目が達生を捕らえた。

昨日の今日だ。俊広にしてみれば、無理もない。今朝目覚めた時は、本当に幸せな夢だけを見ていたのだろうから。

「……なんだ、そうなのか？」

目を丸くして念を押してきた健司に、達生は、ああ、まぁ…と曖昧に返事をする。珪子が恥ずかしそうに微笑んだ。

そういえば、彼女の薬指にはかなり大きなダイヤのリングが輝いている。さすがに女同士、目敏《めざと》く見つけたらしい。当の達生は、今の今まで気づかなかったのだが。

……まさか、経費だろうか？

と、一瞬、達生は考えた。

珪子が帽子をとって、柔らかなショートの髪を軽く直しながら頭を下げた。

「水原珪子と申します。いつも達生さんがお世話になっております」

すでに夫婦のような丁寧な挨拶に、おいおい…、と達生が苦笑してみせる。

俊広がどんな目で自分を見ているのか、確かめるのが恐かった。

「まぁ…、いらっしゃるだなんて、ちっともおっしゃって下さらないんですもの。びっくりしましたわ」

この中で、兄弟の母親が一番喜んでいるようだった。

「いえ、私が勝手に押しかけたんです。達生さん、具合が悪いだなんて全然言ってくれなかったし。柚木さんのところで静養してくる、って聞いて、お噂はずっとうかがってきましたから、ぜひ一度、私もお目にかかりたいと思って」

明るく快活に、珪子が答える。

「そうですの…。でもうれしいわ、お目にかかれて」

母親がうれしそうに手をたたく。

「……いや。知らなかったな……。おまえにこんな人がいたなんて……。おい、水くさいじゃないか」

健司がからむように達生の肩をつつく。

その和やかな空気の中、一人俊広は凍りついた顔で、ただ呆然と立ちつくしていた。

達生と目が合った瞬間、クソッ、とたたきつけるようにして吐き捨てると、バタバタと外へ飛び出していった。

「あ…、おい……！」

達生がどうしようもなくその背中を見送る横で、あわてたように健司が声を上げる。

「……まぁ、あの子ったら。ごめんなさいね。三瀬さんをとられたようで悔しいのかしら。ずいぶんと三瀬さんにはかまってもらったから。いつまでも子供みたいで……」

母親が驚いたような困ったような顔で、おろおろとつぶやいた。

「しょうがないヤツだな……」

ため息をつくように、健司がうめく。

そしてふり返った健司は、とりなすような笑みで言った。

「夕食はここでとるんだろう？　俺も一緒にいいかな？　邪魔だろうが、ぜひ珪子さんともゆっくり話したいし」

「あら、私もご一緒したいわ」

横から母親が口をそろえる。

「ええ、ぜひ。私も達生さんの昔の話なんか、お聞きしたいですし」

珪子が調子を合わせるのに苦笑しながらも、達生の視線は無意識に飛び出していった俊広の背中を追っていた——。

※　　※

珪子の荷物をとりあえず部屋においてから、二人は一緒に外へ出た。

やはり外の方が仕事の話はしやすい。

借りていた健司の車に乗りこみ、達生はエンジンをかけた。

キーをまわす時、ふと触れたチェーンのキーホルダーに気づく。高校の修学旅行に行った時、一緒に買ったものだった。達生も同じものを持っている。

健司も……まだ使っているのか、と思う。

ちょうど十年前だ。

十年——。

たった十年、なのか。もう十年、なのか。

親友、と呼び合った自分たちの関係がこんなふうに変わることなど、あの頃は夢にも思わなかったのに。

感傷をふり払うように達生は首をふり、そして淡々と口を開いた。

「……ずいぶん早かったな」

ウィンドウを開けて、吹きこむ風に髪をなびかせながら、珪子が小さく笑う。

「予定より早くついたものだから。……なぁに？　あなた、年下が趣味だったの？　ちょっと意外」

珪子がからかうような調子で、くすくす笑った。

彼女は達生の性癖を知っている。さっきの俊広とのやりとりで、だいたい二人の間に何があったかくらいは、彼女なら容易に想像がつくのだろう。

達生は内心で小さく舌を打った。

さっぱりしていて頼りになるパートナーなのだが、なかなかに容赦がない。

珪子は達生と同い年だが、キャリアでは二年ほど長かった。

「親友にずっと片思いしてたとか、そういうのかと思ってたわ。弟の方だったとは」

ちょっとフェイントだったな…、とつぶやくのに、達生は無理やり話題を変えた。

「……取り引きは十三日の予定だが、予約名簿にマークしている名前はなかった。おそらく偽名を使っているんだろう。十二日からの予約は三組入っているが」

淡々とした仕事モードの口調に、彼女も応じた。

「名前はひかえてる？」

「ああ」

「じゃ、本部の連中に洗ってもらいましょう」

ハンドルを握ったまま、ちらっと達生は彼女を見た。

「さっきロビーにいた男女を覚えてるか？」

「いたのは知ってるけど」

わずかに珪子が首をかしげる。

「私と一緒に昨日から泊まってるんだが……、どうもくさい感じだ。堀江、と名乗っているんだが。一応女連れだが、女の方はおそらく適当に引っぱってきた、馴染みの店のホステスか何かみたいだな」

ウィンドウの枠に肘をかけたまま、珪子がつぶやいた。

「それ、取り引きのためのバックアップかしらね。間で連絡係をしてた小倉がいなくなったから、住之江会の方もちょっと用心してるのかしら」

少し前から、当局は小倉という男を泳がせたままにしていたのだが、どうやら住之江会の方がそのマークに気づき、先手を打った形だった。

ほんのわずか、間をおいて、珪子が尋ねた。

「小倉を殺したのが、柚木だってセンはないの？」

「いや――」

ほとんど反射的に、達生は答えていた。それから一息おいて、続けた。

「……いや。健司じゃないだろう」

「人が殺せるようなヤツじゃない？」

いくぶん揶揄《やゆ》するように珪子が言った。

こういうところは意地が悪い、と同時に、やはり押さえるべきところをきっちりと押さえている女だった。

挑発に乗らないように、達生は小さく息をついてから続けた。

「小倉は住之江会から無理やり送りこまれた男だ。健司がどうこうできる立場じゃないだろう。しかも小倉が死んだおかげで、健司自身が取り引きする立場になった。あえて危い橋を渡るはめになったんだからな」

小倉がいれば、彼を通じて住之江会と取り引きできる。自分が直接接触する機会が少なければ、それだけ危険も少ない。仮に小倉が薬《クスリ》を運んでいる途中で押さえられたとしても、自分は何も知らなかった、と言うことは可能だろう。

――だが。

正直、達生自身、はっきりしたものがあってここに来たわけではない。健司が殺人を犯したかもしれない、という可能性は常に頭にあった。

いや、そうでなくとも、この状態が続けばいずれ健司が麻薬だけでなく、殺人に手を染めることになるかもしれないのだ――。

しばらく間をおいてから、さらりと珪子が言った。

「ひょっとして……、掃除屋、かな」

ハッと達生が大きく目を見張る。

「掃除屋……」

つまり、殺し屋、だ。

「連中の子飼いのが二人ほどリストに挙がってたと思うけど。あとで照合させましょう」

「いったい誰を……？」

思わずつぶやいた達生は、しかしすぐに気づく。

「――健司を…!?」

「従業員だった小倉が消されたのは、こちらのマークが気づかれたからでしょ。そろそろむこうの尻に火がついたんじゃない？　柚木の存在は微妙ね。運び屋としては優秀だったみたいだけど、連中にとっては替えがきかないわけでもない。やばいと判断すれば消すのにためらう理由はないわね。連中、今度の取り引きを最後にする腹づもりかもね」

冷静なその言葉に、達生は深い息を吸いこんだ。

つまり、麻薬の運び屋など、いくらでも替えのきくコマだということだ。

——どうして……。そんなヤツらのために……！

達生はぐっと奥歯をかみしめて、無意識にアクセルを踏みこんでいた。

海岸沿いを飛ばしてぐるりと半島を一周するように走り、時間を確認して市内の指定された整備工場へ車を入れた。

ケイはすぐに達生がひかえてきた名前を照会するために、本部との連絡をとりに行った。

心得たように車に集まる作業員たちにあとを任せ、達生が事務所に足を向けると、つなぎの作業服の男たちの中で一人、スーツ姿の体格のいい男がソファでタバコをふかせていた。

俊広のようにでかいというよりは均整のとれたスマートな印象を与える、オールバックの四十過ぎほどの男だ。

ここ数年で見慣れた、直属の上司の顔だった。

入ってきた達生を見て、彼は軽く顎を引くようにうなずく。

それに達生は軽く会釈して応えた。

「梶井《かじい》さんがわざわざいらっしゃるとは」

達生はゆっくりとむかいにすわりながら、いくぶん皮肉をこめて微笑んだ。

「それほどお暇な身体とも思えませんが？」

それに梶井が口元だけゆがめて苦笑した。

「まぁ、たまにはな……」

「私が信用できませんか？」

表情では微笑みながらも、目だけは真剣に達生は尋ねた。

それに梶井があっさりと答える。

「信用してるさ」

受け流した、というわけではなく、当然のように言われて、達生はちょっと口ごもった。

そんな達生に、ちらっと腕時計に目を落として、梶井が「メシに行くか」とうながした。


「――で？」

近くの洒落たイタリアンレストランの一番奥の席で、ランチのコースメニューを前に二人は低く話を進めていた。

少しばかり高級そうなこの店では、ランチタイムのこの時間でも客の姿はまばらだった。内輪の話にはちょうどいい。

テーブルに並んだ料理を豪快に、見る間に片づけながら、梶井が尋ねてきた。

一瞬、それに見惚れていた達生はハッと我に返った。

……ちょっと俊広に似てるかな……、と達生は目の前の上司を眺めていたのだ。

俊広もこんなふうに、実にうまそうにモリモリと食べ物を口に入れる。

ひょっとしたら、あと二十年もすれば俊広はこんなふうな男になるんじゃないか、と思わせた。自信家で、エネルギッシュで、強引なタイプ。

もっとも梶井には、年相応の落ち着きと思慮深さが備わっていたが。

「どうした？　食わないのか？」

ふと、フォークを止めた梶井に怪訝に見上げられて、達生はあわてて自分の皿を引きよせた。

「あ…、いただきます」

小さく咳をしてから白身の魚を口に入れ、そして達生は捜査状況を簡潔に述べた。

過不足のない報告に、梶井は一つうなずく。

「――で、どうする？」

そして言われたその言葉に、達生は首をかしげた。

「どう、とは……？」

「このまま続けるか？　今なら、まだおまえをはずしてもやれる。……自分が無理だと判断した時に自分から引けることも、また必要な強さだと思うが？」

じっと見つめられて、達生は即座に答えていた。

「いえ」

それからゴクッと唾を飲みこんでから、落ち着いて口を開く。

「いいえ。大丈夫です。続けさせて下さい」

梶井の言いたいことも気づかいもわかっていた。それでも――。

ふいに、俊広の笑顔が目の前に浮かぶ。そして、今朝、フロントでの愕然とした表情が
その笑顔をぬりつぶしていく。

……どう動いても後悔はする。だがここで逃げたら、もっと後悔するだろう……。

「いいんだな？」

念を押されて、達生はまっすぐに梶井を見上げた。

「はい」

と静かに答える。

そうか、とだけつぶやいて、梶井はうなずいた。

「水原はどうだ？　うまく入りこめたのか？」

「ええ、問題はありません」

「他に何か必要なものは？」

その問いに、達生はわずか考えた。

「……相手の部屋がわかれば、カメラをしかけられると思うのですが？」

「わかった。手配しよう」

お願いします、と達生が言ったところで、二人は席を立った。

※　　　※

二人がホテルに帰ったのは三時過ぎだった。

出る前と寸分違わない健司の車は、しかし捜査官の手でマットの裏のホコリまで丹念にチェックされたあとだった。

いつものように、沖が丁寧に迎えてくれる。

「健司はいるかな？」

珪子を先に部屋に帰してからそう尋ねた達生に、沖がお呼びしましょうか、と電話を手に伸ばす。

「いや、邪魔じゃなければこっちからいくよ」

「この時間でしたら、ご自宅の書斎の方にいらっしゃるのではないかと思いますが」

ちらりと壁のクラシックな掛け時計を見上げて答えた沖に礼を言って、達生はそのまま海側の出入り口からいったん外へ出た。

昨日も訪れた健司の自宅のドアの前で一瞬ためらい、達生はそっとノブをまわした。鍵はかかっておらず、達生はそのまま中へ入る。

しん…と静まり返った家の中に、人の気配はない。

そっとすべるように達生が廊下を進むと、ガタン…とふいに奥の部屋で物音がした。書斎の方だ。

素速くドアの前まで行くと、小さなうめき声も聞こえる。

達生は小さく息を吸って、そしてさりげなくドアをノックした。

「健司、いいか？」

ハッとしたように、プツリと中の声がやんだ。一瞬の沈黙のあと、誰だっ、といつになく怒鳴るような問いが返る。

しかしその激しさに、達生は気づかないふりをした。

「俺だ、入るぞ」

気安さを装《よそお》ってドアを開ける。

「――達生…⁉　ダメだっ、来るな！」

ドアのむこう、目が合った瞬間に、なかばデスクに突っ伏すようにしていた健司が叫んだ。

「おい、どうした？　具合でも悪いのか？」

しかし駆けよろうとした達生に、健司の方から猛然とした勢いで、ほとんどつかみかかるようにして迫ってきた。そしてそのまま、力ずくで達生をドアの外に押し出した。

「おい…、健司？　いったいどうしたんだ？」

達生の言葉に耳をかすふうでもなく、健司は必死の形相で強引に達生を突き飛ばした。ものすごい力だ。何かに憑かれたようなギラギラとした目で、顔つきもふだんの健司とはまるで違う。

「な……」

さすがに言葉を失った達生の前で、ピシャリとドアが閉じる。

「おい…、健司……健司っ！」

達生は夢中でドアをたたいた。

中でガシャン…と何かが倒れる音がする。

「健司っ、どうした？　大丈夫か⁉」

その問いかけにうめくような声が返った。

「達生…、頼むから……、しばらく放っておいてくれ……っ！」

「健司っ！」

もう一度、ドアをたたいてみるが、それきり返事はなかった。

耳を澄ますと、荒い息づかいがかすかに聞こえたが、それも次第に収まっていく。

――クスリ、か……。

運び屋は自らも中毒者がほとんどだ。

健司も、とは思いたくはなかったが……、さすがに目のあたりにするとショックだった。

どうしようもなく、開け放したテラスへ出て、木製の椅子にすわりこんだ。

半時間ばかりして、ようやくぎしり、と廊下のきしむ音が耳についた。

「――よう、達生！」

顔をのぞかせた健司がにやっと笑って、陽気に手を上げた。

さっきの様子とは、まるで百八十度、別人だった。すさんだような影がとれ、野性的で自信に溢れた、いつもの健司だった。

ついさっきのことが、本当に錯覚だったのかと思わせるほど。

「さっきは悪かったな。ちょい、タイミングがまずくてな」

健司が苦笑しながら近づいてくる。

「……いや」

その言葉にわずかに目を伏せて、達生は軽く流した。その変化の意味を、聞く必要はなかった。

「ちょっとこのところ胃が悪くてな」

言い訳のように健司が言う。

「おふくろや俊広には言わないでくれよな。心配をかけたくないんだ」

「あんまり……、ムリをするなよ」

何か他にも言いたいことがあった。それでも達生は、それを言葉にすることができなかった。どう言ったらいいのかわからない。すべてがおざなりな、うわっつらだけの言葉で終わってしまいそうで。

「――で、何か用があったのか？」

「ああ……」

達生はうなずいて、ポケットから車のキーをとり出した。

「ありがとう。助かったよ」

「いや。またいつでも言ってくれ。風景のいいところだからな。海岸沿いのドライブはいい気晴らしだろう。珪子さんは楽しんでくれたか？」

と、奥の方で電話が鳴っているのが聞こえてきた。

ハッと健司はそちらに向き直る。

「――あ、じゃあ、夕食はむこうで一緒に食おうぜ」

と、早口に言うと、またあとでな、と手を上げて健司は奥へ急いだ。

ああ、と答えた達生は、少し間をおいてから、そっと健司のあとを追った。

わずかに隙間の空いたドアから、ボソボソと低い声が響いてきた。

「……部屋はとってる。――ああ。あんたが直接くるのか……？」

健司の固い声が届く。

「……ああ、そっちこそ、金は用意できてるんだろうな？」

いくぶんあせるような、疑いをにじませた口調。

「……俺のせいじゃないだろう！　小倉のことは……！」

達生は壁に凭《もた》れたまま、わずかに目を細める。

「ああ…、わかってるよッ」

なかば吐き出すような健司の声。

そして電話が切られた。

クソッ、といらだたしげに机を殴りつけるような音がする。

達生はそっとその場を離れた。

部屋に帰ると、珪子が着替えてテレビの前でくつろいでいた。
コーヒーのカップが新しくなり、ベッドルームも整えられていた。
達生専用、と笑っていた俊広がやったのだろうか。
珪子と使うとわかっているベッドを、いったいどんな想いで直したのか……。
達生は無意識に深いため息をついた。

7

昨日の俊広と同じように、今日の夕食は達生が肴《さかな》にされたが、食事自体は楽しく進んだ。

達生の昔話に、珪子は、なかば本気でだろう、笑い転げ、二人の馴れ初めを聞きたがった健司たちに、珪子は流暢《りゅうちょう》な物語をつむぎだした。

偽りを語ることが息苦しく、「よせよ」と話を変えた達生は、単に照れているようにしか見られなかっただろう。

当然のように俊広は現れなかったが、誰もそれには触れなかった。

夕食後、部屋に帰ったとたん、はあっ…、と大きな伸びをして珪子がソファにもたれこんだ。

行儀悪く靴を投げ飛ばし、ソファの上にあぐらをかく珪子からは、すでに明るく活発な良家のお嬢さん、の仮面もはがれている。

「――あ、シャワー、私、先に入る！」

服を着替えに寝室の方へ入った達生の背中に、はずした指輪をテーブルに投げながら珪子が宣言した。

どうぞ、と達生は答えた。

タイだけをはずして、ベッドへ身体を投げ出す。さすがに今日の会食は気疲れした。十年以上も馴染んだ友人、その家族をだますように珪子と恋人のふりをすることは、精神的な苦痛だった。

会話に笑っていても、うまい食事をしていても、どこかから俊広の視線がからみつくような気がした。

ぼうっとしていて、いつの間にか水音がやんでいたのには気づかなかった。

珪子がバスローブに身をまとい、髪をタオルで巻いた姿で入ってきたのに、ようやく我に返る。

珪子は脱いだ服をクローゼットに放りこみ、冷蔵庫の中の缶ビールを開けて、ふはーっと大きく息を吐いた。

黙っていれば楚々《そそ》とした美女で通るのに、中味はほとんどオヤジである。

何ということなくため息をつきながら、達生が尋ねた。

「ケイ、あの指輪、支給品なのか？」

「まっさか」

クローゼットの扉にもたれて、一言で珪子は笑い飛ばした。

「借り物よ。なくしたら弁償もんだわ。あなたの給料の三カ月分どころじゃないんだから」

「恐いな」

達生は小さく笑った。

「レストランの窓側の奥にいたカップルだ。気がついたか？」

達生が言うのに、珪子はうなずいた。

「ええ…。あれが堀江ね。掃除屋の」

どこにでもいる、うだつの上がらない自営業者ふうの男。週末にはパチンコ屋や競馬場あたりにとけこんでいそうだ。顔や雰囲気にこれと言った特徴もなく、こんなリゾート地でもなければまったく印象には残らないだろう。

派手な女の方は、相変わらずつまらなそうに料理の皿をつっついていた。コナをかけようとでも思っていたらしい達生に若い女が追ってきて、明らかに機嫌を損ねていた。

「そのへんのオヤジにしちゃ、確かに隙がなさすぎる感じだったわね」

珪子がつぶやく。そして続けた。

「本部から連絡が来たわ。本命は伊藤ね。住所も電話番号もでたらめだったわ」

昼間、まわした宿泊予約者のリストを、本部ではもうあたったらしい。

「ここのチェックインは何時からだった？」

「三時だが……。どうかな。入るのはもっと遅いだろう。夕食の時刻より、あとかもしれない」

「そうね…。でも泊まりとなると、受け渡しの時間がはっきりしないから……。ちょっと厄介ね。他の客もいることだし。——ねぇ、伊藤の部屋に隠しカメラをしかけられないかしら？」

珪子の言う意味は、達生にもわかる。達生自身、考えていたことだ。

金とクスリの交換はおそらく部屋の中でだろうし、麻薬の取り引きは物的証拠がそろう現行犯逮捕がやはり立件がしやすい。

「明日、伊藤が入る前に私がしかけよう」

「部屋に入れるの？　マスター・キーが手に入る？」

いや…、と達生は首をふった。

「だが、朝方に掃除が入るだろう。多分、ベッドメイクは俊広の担当だと思うから隙を見てしかける、という達生に、珪子はきれいな額にしわをよせた。

「……大丈夫なの？」

今の達生と俊広の間はかなり微妙なものだ。

「やってみるさ……」

答えて、達生がベッドから身を起こした。シャワーに行こうと思ったのだ。

「柚木健司は…、自分への自信がアダになったみたいね……」

ぽつり、とつぶやくような声が背中に聞こえる。

達生はそれには答えずに、まだ湯気のこもるバスルームへ入った。

珪子の印象は正しい――、と達生も思った。

自信が、ありすぎたのだ。健司は。

それが足をすくったのだろう……。

自分の力でやれる、と。やってみせる、というあせりがあったのか。

それでも、自分がもっと近くにいれば、何かしてやれたかもしれない、とそんな後悔に襲われる。

おそらくクスリに手を出したのは、父親の死後、自分にかかってきた重責から逃れるため――あるいは、ホテルを維持する資金のため、だったのだろうから。

だが今となっては、すべて過ぎたことでしかない。

――後悔ばかりだな……。

ふっとそんな自嘲気味の思いに捕らわれる。

健司のために、自分が何かできたかもしれない、と思うのは、あるいは思い上がりなのかもしれない。

だが俊広のことは……。

チリッ…と焼けるような痛みを胸に覚える。

寝てしまったのは……単なる自分の身勝手だったのかもしれない。俊広の心の中に自分を残しておきたい、という――。

あるいは、一度でいいから抱かれたい、という少女趣味的な想いだったのか。

風呂から出ると、珪子がベッドに転がって盗聴器のチェックをしていた。

ちらっと達生を見上げて、新しい情報は何にもない、と首をふり、盗聴器を片づける。

達生は首からタオルをかけたまま、冷蔵庫から健全にスポーツドリンクをとってベッドの端にすわった。

「……あのコ、俊広クンって言ったっけ？　彼とは寝たの？」

さらりと聞かれて、達生はわずかに肩を震わせた。

「プライヴェートな問題だ」

手にした缶をサイドテーブルにあずけ、さりげなくタオルで髪から落ちる水滴をぬぐいながら、達生は静かに答えた。

「ミッションの最中なのに？」

ちょっと笑うように、意地悪く珪子が言う。

と、外のドアがノックされた。寝室のドアは開け放してあったので、音もよく通る。

「――あ、こっちにお願い！」

珪子が大きく叫んだ。

「何だ？」

「ルームサービス。ワインを頼んだのよ」

あっさりと珪子が答える。

達生はわずかに眉をよせた。

ルームサービス……。

まあ、いくら俊広が「俺は達生さん専用」と言ったとはいえ、本人がくるとは思えなかった。

——が。

入ってきたのは、冷たいくらいに無愛想な大男だった。

俊広の目が、達生と、そしてよりそうように一緒にベッドにすわる珪子を見て、大きく開かれた。息を飲んだのがわかる。

本当に珪子と恋人同士なのか、と。何かの間違いであってほしい、という祈るような想いでこの部屋まで来たのかもしれない。

そういう俊広の純情さが愛《いと》しかった。うれしかった。——泣きたいくらいに。

それでも。今の達生はそれに応えてやることはできない。

珪子の腕が、わざとだろう、ベッドサイドにすわる達生の肩にするりとまわされる。

「ありがとう。そこにおいておいて」

何も気づかないふりで、珪子がほがらかに頼む。

俊広は黙って、入り口近くの小テーブルの上に、クーラーボックスに入ったワインとグラスを乗せた。

そして、ふり返った俊広が憤《いきどお》った目で達生をにらみつける。

「こちらでよろしいでしょうか？」

よそよそしい、なかば挑戦的なほど丁寧な……固い口調。

「ええ。ありがとう」

珪子がいなければ、おそらく殴りかかられるか、襲いかかられていただろう。

それでも抑えているのは、また子供だ、と言われるのが我慢できないからか。

「失礼します」

震えるような声で低くつぶやくと、俊広は足早に部屋を出ていった。

バタン、という、ほとんど殴りつけられるようにして閉まった扉の音に、達生はハーッと無意識につめていた息を吐き出した。

そしていまだ両腕を達生の首にまわしたまま、もたれかかっている珪子を冷ややかに眺めた。

……おそらく、まともな男ならこんな状況は棚ボタというか据え膳というか、なのだろうが。

「何のつもりだ？」

「あなたに協力してあげてるの。俊広クンのことを忘れたいんでしょ？」

にっこり笑って答えられて、達生は内心で舌を打った。

「……どうする？　このまま続ける？」

意味深な微笑みで尋ねられて、達生は数秒、その意味を推し量ってから、端的に答えた。

「いや。私は女は抱けない」

珪子がどういうつもりなのかはわからなかったが、それが一番女性のプライドを傷つけない言葉だろうと思えた。……実際のところ、女性と関係を持ったことがないわけでもなかったが。

「あっそ」

珪子はくすくす笑って、あっさりと身を引いた。

同い年なのに、珪子は時折、なんだか意地悪な姉のような気がしてしまう。

「カレ、一途じゃない？　カワイーー」

サイドテーブルの缶ビールを手にとり、ぐいっと喉に流しこんでから珪子が言った。

達生は黙ったまま憮然と立ち上がり、俊広の持ってきたワインを開けると、片方のグラスにほとんど焼酎《しょうちゅう》か何かのように勢いよく注《つ》ぎ入れた。

アルコールに浸りたい気分だった。

何といっても仕事中なので、酔うほどに飲めるはずもなかったが。

そのグラスを空《あ》けてから、達生は息を整え、珪子をふり返った。

「君がベッドを使うといい。私はソファで寝るから」

リビングのソファはエキストラベッドにもなるはずだった。

ええ、と軽くうなずいた珪子は、ふと思い出したように尋ねた。

「……あ。ひょっとして、このベッドでカレとセックスしたの？」

さすがに珪子を見つめて、一瞬口ごもった達生は、思わず目をそらせた。女性からそんなにあからさまに言われた経験など、まったくないのだ。

めずらしく動揺した達生がおかしかったのだろう。クックッと珪子が喉で笑う。そしてするりとベッドから降り立った。

「私がむこうのソファで寝るわ。なんだか想像しちゃいそうだから」

戸口でグラスを一個とワインのボトルをそれぞれの手にとると、おやすみなさい、とあっさり背を向けた。

パタン…、とドアの閉まる音に、達生はちょっと顔を赤くする。

クセのある連中の多い職場ではあったが、やはり珪子にはキャリアだけでもなく、どうにも勝てない気がするのだった……。

8

翌日。十二日の昼前、達生が向かったのは、二階の客室の一番端の部屋だった。

伊藤、という名で予約されている部屋だ。

二階にはスタンダードなツインとセミスイートが一室入っている。そのツインの方だ。

むろん、客室には鍵がかかっているはずだったが、この時間なら……。

思った通り、目的の客室のドアは開いていた。戸口でストッパーがかかっている。

小さく息を吸いこんで、中をのぞきこむと、俊広がシーツを広げてベッドメイクしているところだった。

パサッ…と翼のように白いシーツがはためく。窓から差しこむ光の中で、俊広は厳しい表情で黙々と作業をしていた。

いつもの俊広ならもっと、陽気に鼻歌でも歌いながら仕事をするところだろう。

しばらくじっと、達生は俊広の横顔を見つめた。

せめてこれ以上――俊広を傷つけたくないと思うのに。

達生はそっとズボンのポケットに手を入れた。中にはほんの小さな、レンズの直径が二ミリほどしかないカメラが収まっている。

と、戸口に立つ達生に気づいて、俊広の表情が一瞬、ゆがんだ。

しかし止まってしまった手をまた動かしながら、俊広は冷ややかに言った。

「言い訳でもしにきたんですか？」

「いや……」

そう達生は答えたものの、しかし、何気なく通りかかるような場所でないことは明らかだった。客室しかないこの階に、五階に泊まっている達生が用があるとは言えない。

達生はゆっくりと室内へ入った。わずかに躊躇したが、ストッパーをはずして後ろ手にドアを閉める。

その音に、俊広が眉をよせた。

どういうつもりだ？　と、その目がとまどうように尋ねていた。

「……ただ、少し、トシくんと話したかったんだ」

――話す？　今さら何を……？

自分で口にしながら達生は内心で自嘲した。

俊広も同様に思ったのだろう。ふん、と鼻を鳴らす。

達生はそっと室内を見まわした。

各部屋ごとにスタイルが違うのがこのホテル・ジュビリーの特徴だが、この部屋は落ち着いた和様だった。海に面した奥の窓際は三畳ほどの畳敷きになっている。天井の照明や、黒い木目の書き物机におかれた明かりも日本的だ。

達生はポケットに忍ばせた、隠しカメラをもう一度服の上から確認した。

この条件でこれをしかけるためには——おそらく方法は一つしかなかった。

怒らせて……そして、そのまま出ていってくれれば一番いい。

あるいは……。

「あの女の人は？　ほっといていいの？」

吐き出すように聞かれて、ハッと達生は俊広に視線をもどした。

「今、トシくんたちの家に行ってるよ。おばさんからお茶に誘われてね」

俊広の母親は珪子のことがずいぶんと気に入ったようだった。娘が欲しかったのだろう、と思う。子供は二人とも男の子で、長男が嫁をもらう気配もないし、孫もいないのだ。

「その呼び方はいいかげんやめてくれよ！」

突然の怒号に達生は思わず身をすくませた。

俊広は片方のベッドメイクを途中に、シーツを投げ出した。

そして、達生の目の前までほんの数歩で近づいてくると、バン！　と手のひらで壁をたたきつける。

耳に反響しそうなほどの音が響いた。

怒っている――のはあたりまえだが、さすがに達生も息を飲んだ。

俊広の顔は真剣というよりも、むしろやりきれないようないらだちが見えた。

「……達生さんは俺のこと、ずっと子供だと思いたいのかもしれないけどね」

低く、押し殺した声で俊広が言った。

「俊広……」

俊広の顔が、一瞬、泣きそうにゆがんだ。

そして次の瞬間、腹の底からふりしぼるような声が達生の鼓膜を殴りつけた。

「あんた、どういうつもりなんだ!?　俺のこと、何だと思ってんだよっ!?」

「俊広……」

壁際に追いつめられるように、達生は一歩下がり、あえぐように息をついた。

俊広が壁際に達生を封じこめるようにして、おおいかぶさった。

「……あの女と、結婚するのか?」

激怒していながらも、すがるような目で尋ねる俊広に、達生はようやく息を整えた。

「その、つもりだ……」

「どうしてっ!?　あんな女のことなんか、好きでもないくせにっ!」

「好きだよ」

「嘘だ!」

「俊広……」

達生は一呼吸おいて、乾いた唇を湿した。

「……私にも立場はある。立場を守るためには必要なことだよ。それが大人の社会だ」

言い訳のための言い訳だった。

小心な、卑怯な男だと——そう、思ってもらってよかった。そして幻滅してくれればいい——。

達生は心の中でそう祈った。

精いっぱい抑えて、静かに答えたその言葉に、殴りつけるような叫びが返る。

「男の方が好きなクセに！」

「とし…っ！」

いきなりものすごい力で腕をつかまれ、手前のベッドへ突き飛ばされた。

反射的に起きあがった瞬間、力いっぱい頬を張られる。痛み、というのを感じないほど強烈な力だった。頭がぼうっとして、脳震盪《のうしんとう》を起こしそうだった。

「やめろ…っ！」

なかば意識がもうろうとしている間に、上はほとんど脱がされていた。上着をはぎとうれ、その下のシャツはボタンが引きちぎられるようにして前を開かれた。

そのまま強引にベルトを抜かれ、下着までズボン越しに引きずり下ろされる。

「俊広、やめるんだ……！」

ふりまわした腕は圧倒的な力にあっさりと押さえこまれ、ベッドへ縫い止められる。

「っ……っ……！」

首筋から胸を、きつく吸い上げられる。というより、ほとんどかみつかれた。はっきりとした痕を残そうとするように。

まるで、大型獣に食い殺されているような錯覚を覚える。のしかかってくる重い身体。

愛撫、などというものはなかった。髪の毛を引きつかまれ、強引に膝が割られる。

「俺のことが好きなくせに！　好きだって言ったくせにっ！」

ぽたっ…と肌に落ちた熱い滴に、達生はハッとした。

俊広が、泣いていた。

ぼろぼろと溢れ出る涙をぬぐうこともせず、あるいは、自分が泣いていることさえ、わかっていないのかもしれない。

「俊広……」

思わず手を伸ばして、達生は俊広の頬に触れようとした。昔、よく宥《なだ》めていたように、その涙をぬぐってやりたくて。

しかし上がった手は、感情的に払い落とされた。

抵抗できないように腕を押さえこまれ、俊広はがむしゃらに達生の肌に身体を押しつけてきた。

熱を起こそうと、性急に達生の中心を握りしめる。

「う…ぅ…っ！」

達生は衝撃に思わず胸を反らせた。

俊広が両足を抱え上げ、わずかに反応を見せ始めていた達生をくわえこんだ。

「と…とし……っ！　やめ……っ！」

あせった達生の指が俊広の髪につかみかかるが、固く短い髪は指をすり抜けていく。

あえて激しく舌を使う淫らな音が耳につき、達生はぎゅっと目を閉じたまま、必死に喉から溢れそうになる声をこらえた。

それでも身体の奥からわき上がってくる熱は、抑えることができない。

徐々に身体から力が抜けていく。突き放そうと俊広の肩にかかった指が、次第に引きよせるようにツメを立てる。

「俺にされて感じてるくせに……！」

達生の中心から口を離し、たたきつけるように俊広が叫ぶ。

否定などできなかった。

俊広の肌に触れるだけで、その唇に含まれていると思うだけで身体が暴走しそうになる。

達生をなじる唇で、自分自身を痛めつけている俊広を抱きしめて、あやまって……そして誰よりも好きだよ、と言ってやりたくなる。

そして自分も、思う存分、俊広のものを口で愛してやりたかった。

俊広は唇をぬぐって大きくあえいでから、達生の膝に乗り上げ、手早く自分の服を脱ぎ捨てた。

がっしりと筋肉のついた身体が、威圧するように達生の目の前に広がる。

ほんのおとといの晩、この同じ身体に愛され、守られるようにして与えられた快感が一瞬、全身を包みこむ。そして同時に、今、目の前にいる男に与えられるだろう苦痛に、達生はぎゅっと目を閉じた。

「——嫌だなんて、言えねぇよな……？」

じっと冷たい目で達生を見すえ、返事も待たぬまま、俊広は達生の身体を組み敷いた。

「は…、う……！」

乱暴に大きく足を広げさせ、達生の中心で勃《た》っているモノの形をなぞるように指でしごき上げる。

「あっ…、あぁ…っ！」

痺れるように走った痛みと、そして疼くような快感に、達生は身体をよじる。

達生の腰を引きよせ、俊広は太い指先で達生の奥を性急に暴《あば》き始めた。

乾いた指先をそのまま後ろにねじりこまれて、引きつるような痛みが走る。

「あ…ぁ…っ、うぅ……っ」

苦痛にゆがむ達生の顔に、一瞬、俊広の手が止まる。

クソ…ッ、と小さくうめくと、俊広はいったん後ろから指を引き、達生の前をなぶり始めた。

ほどなく先端からにじみ出した先走りを指にからめ、俊広の指が再び後ろに入りこんでくる。

「あ…あっ……っ！」

強引に奥まで沈められ、中を手荒にかきまわされた。

「とし……ひろ……っ」

俊広の腕につかみかかり、達生は無意識に首をふる。

俊広の視線が、突き刺さるように自分のすべてを見つめているのがわかる。

自分の勃ったモノが俊広の腹にこすれ、さらに達生は感じていた。

「慣れてんだな……、達生さん。おとといは俺も夢中で、わかんなかったけど……」

あざ笑うような――泣きそうな声で、俊広がなぶる。

淫らな身体を嘲笑《ちょうしょう》されて、達生はたまらず顔を背《そむ》けた。

こんなに手ひどくされてまで感じるのは、俊広だけだ。他の男にこんなにされて、感じるはずがない。だが、それを口にするわけにはいかなかった。

　後ろを犯す指が二本に増えた。

「あぁ…っ…、ん…っ！」

　達生の背中が反り返る。

「もう…っ、やめ…っ……！」

　たまらなかった。力ずくで抱かれることよりも、そうされてさえ、俊広の指だと思うと快感を追い始める自分の身体と、そしてそれを見つめる俊広の暗い目が。

「なぁ…、あんたは子供と寝たつもりなのか……？　身体だけでっかい、子供と寝たつもりだったのか……？」

「とし……ひろ……？」

　かすれた涙声で俊広がうめくように尋ねた。

「子供だったら遊んでもかまわなかったのか？　俺が子供なら、遊びですむと思ったのかっ！　あんた、イカせてもらえりゃ、誰だってかまわないのかよっ！」

　だんだんと興奮する俊広の叫び声が肌に突き刺さる。

　そんなつもりなどなかった。ずっとずっと……大切にしてきた少年だったのだ。

「俺が…っ！　本気だって知ってたくせに！　俺はあんたに比べりゃ子供かもしれないけど、子供だって本気になれるんだよっっ！」

「あっ…あぁっ……!」

いきなり指が引き抜かれ、ぐいっと腰が引きよせられる。

そして次の瞬間、俊広の熱いものが身体の奥へめりこんできた。

「ひ…っ、あ…あぁぁ………っ!」

裂けそうな鋭い痛みに、達生の喉から悲鳴がほとばしる。指先が夢中でシーツを引きつかんだ。

しかし容赦なく俊広は腰を使い、激しく奥を突き上げてきた。

かすれた俊広のあえぎが、達生の肌に沁みこむ。

「達生さん…、達生さん……っ!」

かみつくようなキス。縛りつけられるような抱擁――。

奪いつくし、食いつくして、すべてを自分のものにしてしまおうとするほどの激しさだった。

一度達生の中で達した俊広は、そのまま達生の身体をひっくり返して、再びのしかかってきた。

もう、抵抗もできなかった。

貪《むさぼ》られるままに、身体を明け渡す。

全身に嚙み跡が残された。その一つ一つがジクジクと熱を持つ。

背中から犯され、達生も同時に極めた。

そのままベッドに倒れた達生の耳元で、荒い息づかいがくり返される。

ぐったりとした達生の身体をしばらく拘束したままだった俊広が、やがてのろりとベッドから離れた。

「……オトナより子供の方がずっと……傷つくんだよ……」

そう、ほんの小さな、泣きそうなほどかすれた声が空気に溶けた。

「とし……！」

達生は思わず向き直ったが、俊広は何も言わず、そのままバスルームへ消える。

少しして、激しい水音が届いた。

その水音に、達生は昔…、俊広がまだ小学生だった頃、一緒に風呂に入ったことを思い出す。髪の毛を洗うのを嫌がる俊広を押さえつけて、無理やり洗ってやっていた。

あの頃は——……。おたがいに、本当にただの兄弟のように思っていたのに。

達生は深い息をついて、そろそろと身体を起こした。

ほんの小さな動きが身体の芯に響いた。

それでもはぎとられたシャツに腕を通し、ズボンをはく。シャツのボタンはすべてとれていたから、ほとんど羽織っただけだった。

ズボンのポケットに手を入れて、中のものを確かめる。

小さな隠しカメラは無事なようだ。

重い身体を起こして達生は室内を検分した。

チェスト代わりにおかれた小さめの和箪笥や、その上の調度が部屋の雰囲気をしっとりと引き出している。上布団のカバーも、紺の格子模様のものだ。

少し考えてから、窓のカーテンに近づく。

ちらり、とバスルームの様子をうかがってから、踏み台に鏡台の椅子を引きよせる。レールに固定されている一番端の部分の留め金と布の間に、カメラをしかけた。引き出しのハサミを借り、レンズが顔を出せるように、カーテンに小さな穴をあける。

どっしりとした濃紺のカーテンは、うまく黒いカメラの本体を隠してくれた。むろん大きさも、ほんの小指程度の小さなものだ。角度を調節して、室内の様子が広く拾えるようにする。

それだけするのもやっとだった。

椅子とハサミを元の場所にもどし、のろのろと上着を拾い上げたところで俊広がバスルームから出てきた。

バスタオルを腰に巻いただけの格好だった。

「……まだいたんだ」

ちょっと驚いたように、俊広がつぶやく。

彼としては、達生が身支度をして部屋を出られるくらいに十分な時間をとったつもりだったのだろう。

「ちょうどよかったよ。バスルームはこれから掃除するトコだったたし。ああ、でもシーツとタオルをもっかい、とってこなきゃな」

乾いた声で、なかば冷笑するように、淡々と俊広が言った。

涙はすでに洗い流し、固い仮面で完全に自分の感情をおおい隠し……二度と達生の前で弱い自分を見せまいとするように。

……隠すことも飾ることもしない、まっさらな、まぶしい微笑《ほほえ》みだけをいつも浮かべていたのに。俊広のこんな冷めた表情を、達生は見たことがなかった。

「……何か、勉強になったよ。俺って、ひょっとしてあんたにオトナにしてもらったのかもしれないなー。もちろん、俺だってあんたの身体、楽しめなかったわけじゃないしね」

俊広が口元だけで笑う。

これが……大人の表情なのか……？

本当に傷つけてしまったのだと思い知らされたようで、達生はぎゅっと唇をかんだ。

力ずくで身体を奪われた自分の方が、遙かに罪悪感を感じる。俊広の怒りは正当なものだったから。

「……あんなによがって。しがみついてきてさ……。達生さん、女の人相手で満足できんの？　第一、満足させられるの？」

その口調と言葉に、カッ…と達生の頬が熱くなる。だがその言葉を言わせているのは自分なのだと、達生はわかっていた。

黙ったまま、弁解も反論もしない達生に、いらだったように俊広が吐き出した。

「それとも結婚してからも、男とは別につきあうつもり？　俺とは遊びでつきあえるつもりだった？　それが大人のやり方ってわけなのか⁉」

固い口調で、怒りをぶつけるように言われて、達生はようやく口を開いた。

「……おまえがそれでよければ、そうしてもいいが？」

その言葉に、ハッ…と俊広が息を飲む。

自分を凝視する俊広の視線を、達生は真正面から受け止めた。

そういう男だと……思ってくれてよかった。本気になる価値などない男だと。

憎んでもらった方がいい。

思いを残していればそれだけ、あとがつらい。

その瞬間、ようやく保っていた俊広の仮面が壊れたようだった。無防備に傷ついた表情で、俊広がぎゅっと拳を握った。

「俺が嫌だ、って言ったら？　あんたを誰かと共有するなんて我慢できないって！　——俺があの女に言ってやろうか？　あんたは根っからの男好きで、男じゃなきゃ満足できない身体なんだってね！」

「俊広……！」

俊広の口からそんな言葉を聞くことに愕然として、思わず達生はつぶやいた。

そう言われて、達生が困っているのだと思ったのだろうか。

俊広は、いきなり天を仰ぐようにして笑い出した。狂気をはらんだ、病的な笑い。

そして達生に向き直った時、俊広の目は潤み、声は小さく震えていた。

怒りと——そして悲しみで。

「あんたはずるいよ……。サイテェだよ……。俺があんたの足引っぱるようなこと、言えねぇの、知ってんだもんな！　だから俺と寝たんだろ!?　俺となら結婚前に遊んでも安全だから！」

悲鳴のような叫びだった。心臓に突き刺さるような声だった。

——そうじゃない……！

心の中でどれだけ叫んでみても、達生は首をふるだけで精いっぱいだった。

「行ってくれよ！　別に言い訳することなんてない！　俺が…っ、俺が勝手に舞い上がってただけだって……もう…わかったから……っ！」

顔を背けて、ふりしぼるように俊広が叫ぶ。

邪魔はしないから。もうつきまとったりしないから——、と。

俊広が必死に自分を抑えているのがわかった。

——達生の、ために。

達生は重い身体を引きずるようにして、部屋をあとにした。

無理やり身体を奪ってしまった、と。

また一つ、俊広に罪悪感を与えたことに、自分自身を嫌悪しながら——……。


部屋に帰って、達生はくずれるようにソファに倒れこんだ。

身体の奥にはまだ俊広の放ったものがそのままで、シャワーを浴びたかったが、その体力すら残っていなかった。

手荒くされた身体が、ズキズキときしむように痛む。そして、心が。

と、半時間もたたずに、珪子がもどってきた。

ソファに沈みこむようにして、ぐったりとしている達生に、珪子はあからさまに目を細めた。

「……おやまぁ……。手ごめにされたお姫様って風情《ふぜい》ね……」

上着で隠してはいるが、ぼろぼろのシャツを見れば、何があったかは容易に推測できるだろう。

つぶやくように軽く言われたが、さすがに今の達生は、そんな冗談につきあっていられるような精神状態でもなかった。

鋭い目でにらまれ、ごめんなさい、とさすがに両手を上げて珪子があやまった。

達生はうめくように要点だけを伝えた。

「……カメラはしかけた。モニターしてくれるように伝えてくれ」

今日は、こちらのバックアップに本部から何台か車も出るはずだった。

「わかったわ」

そして心配そうな眼差しを向けた。

「身体、大丈夫なの？　今夜からが山場なのよ？」

「大丈夫だ。だが少し休ませてもらう。悪いが、昼は一人で食べにいってくれ」

それはいいけど、と珪子が嘆息する。

「……もっとうまく立ちまわることもできるでしょうに……」

よろりと立ち上がって、ようやくシャワーに向かいながら、達生はその言葉を背中に聞いた。

――そう。もっとうまく、ずるく立ちまわることもできたはずだった……。口先だけで丸めこみ、相手の感情もたやすくかわして。おそらくは、他の相手だったら。

相手が俊広だったから——。

俊広だったから、それができなかったのだ。

……もう二度と、俊広と肌を合わせることはないだろう……。

まだ、俊広は若い……。すぐに忘れる——。

熱いシャワーを全身に浴びながら、達生は自分にそう言い聞かせた。

すぐにもっとちゃんとした恋を見つけて、自分を裏切った男のことなど、思い出しもしなくなるだろう……。

知らず溢れ出した熱い涙を、達生は自分で気づかないふりでシャワーと一緒に洗い流す。

体中に残された赤い噛み痕が、シャワーの熱にあたって疼くようだった。

せめて——この身体に刻まれた俊広の痕だけでも残しておければいいのに——……。

未練がましくそう思う自分が情けなかった。

※　　　　　※

「……来たわよ」

むかいの席にすわる珪子が、表情は微笑みながら、口調だけ鋭くささやいた。

レストランのテーブルで、珪子の方が入り口に面している。

伊藤、という名で予約している男は、六時過ぎにホテルに到着した。気の強そうな、美人の女性連れだった。

「間違いないわ。河西《かわにし》よ。関東方面でアジア・ルートを一手に握ってる男だわ」

ワイングラスを持ち上げ、まるでまったく別の、楽しい話題でもかわしているような表情のまま、珪子が続けた。

ずっと彼らがマークしていた男だった。

関東最大の広域暴力団住之江会で、ナンバー3と言われる人物だった。

ちらりと、その連れの女の真っ黒なワンピースが達生の視界にかかって、二人が一つテーブルをおいたむこうにすわるのが見えた。

濃い色のサングラスをかけ、口元にヒゲを蓄えた男には、いくぶん隠しきれない剣呑さが漂う。

「あの女は？　女房か？」

ナイフを使いながら、達生がさりげなく尋ねる。

「あれ、愛人よ。二号さん。ふぅん…、考えてるわね」

珪子の言葉に、達生は視線だけでその意味を尋ねた。

「何か問題があった時、偽名使ってる言い訳になるでしょ？　愛人と旅行なんてばれたらやばいから偽名を使ったんだ、って。河西の正妻は会長の娘だし」

「なるほど」

達生はうなずいた。

愛人との旅行を兼ねた取り引き、というわけだった。

「いよいよ、ね……」

珪子がナプキンで唇をぬぐって、にやりと笑った。

達生はわずか目を閉じて、息を吸いこんだ。


ミッションが、始まる――――。

9

「A班、スタンバイOKです」

「B班、配置につきました」

「C班、OKです」

「――本部、了解」

ホテル・ジュビリーからわずか離れた路上の白いバンの中に、次々と無線で報告が入ってくる。

座席がとり払われた車の後部には、盗聴機材やビデオなどぎっしりと機械類が積みこまれていた。スーツ姿の男が二人。片方はヘッドフォンを装着している。もう片方はモニターのチェック。そして運転席と助手席にもダークスーツの男たち。

この中ではラフなポロシャツ姿の達生が一人、浮いていた。

車内の液晶時計は、蛍光の緑色で七時二十五分を示している。

達生はちらりと自分の腕時計に目を落として、正確に時間が合っているのを確認した。

では、とつぶやいた達生に、助手席の梶井がふり返って軽く達生の肩をたたいた。

「あせるなよ」

それに、はい、と低く答えて、達生はそっと車を降りる。

朝のいくぶんひんやりとした空気が頬を撫でた。

大きく息を吸いこんで、達生はゆっくりと海辺の方へまわり、いかにも朝の散歩から帰ってきたように海岸側の入り口からホテルへ入った。

麻薬捜査は取り引き現場を押さえるのが一番確実だ。

客を装って取り引きにやってきた河西——伊藤という偽名で滞在していたが——は、昨日から滞在しているが、金を持ち歩いているだけで罪になるわけではない。たとえそれが五千万だろうが一億だろうが。

取り引きは、今朝、河西がチェックアウトする寸前の予定だった。九時半、と指定していたのを、盗聴班がチェックしていた。

『女は先に下ろす。フロントに出ていろ。女が降りたら入れ替わりに上がってこい』

愛人連れで来た河西が昨夜、内線で健司と会話していたのが録音されている。

——あと、二時間……。

緊張というよりも重い息苦しさに、達生はゆっくりと息を吐いた。

いつもと変わらぬ……、いや、河西側はともかく、今回の運び屋——健司は結局、素人だ。いつもよりも楽なくらいのミッションだったはずだ。

達生が健司と親友だと……健司たちと家族ぐるみのつきあいがあったということは、さらに捜査陣の現場への潜入を容易にしていた。ホテル内の造りがかなり正確にわかるだけ、警備などの配置もしやすい。

これほど楽に、不審を抱かせずに捜査員が入りこみ、情報を集められる環境を整えられるということは、本当に希《まれ》なのだ。

だがもちろん、達生にとってはそうではない。それだけではない。

さわり、と後ろから吹きこんでくる潮風がうなじを撫でる。

と、入り口を抜けたところでふいに目の前が陰り、達生はハッと顔を上げた。

……俊広……？

ぎゅっと口を引き結び、まっすぐに瞬きもせずに達生を見つめて、俊広が立っていた。

待ちかまえていたかのような俊広から、達生はするりと視線をそらし、そのまま黙って前を行き過ぎようとした。

何も言おうとしない達生に憤ったような低い俊広の息づかいが、小さく空気を揺らす。

「――達生さんっ」

固い声が背中から呼び止める。

ビクッと肩を揺らせた達生は、しかし足を止めず、そのまま通り過ぎようとした。

「達生さんっ！」

大きな声とともに、いきなり後ろから腕をつかまれる。

「とし…っ！」

あっという間に、二人の間の距離はほとんど抱き合うくらいにまで縮まっていた。

俊広のまっすぐな強い視線が、達生の身体の奥底まで貫いていく。

「俺…、ずっと考えてたんだ。ゆうべ、寝ないで考えてた」

感情を抑えるように、ゆっくりと俊広が言葉を押し出した。

「な…にを……？」

ようやく、ささやくような声で達生が問い返す。つかまれた腕の痛みも感じなかった。

「何か…理由があるんじゃないかって。……だって信じられないよ。達生さんがそんな……出世なんかのためだけに結婚するなんて」

達生はわずかに息を飲んだ。

「結婚するってことはあの女の人も裏切ることだろ？　あの人だって不幸になるわけだろっ？　それがわかってて……！」

「——それは買いかぶりだよ、俊広」

だんだんと興奮してくる俊広をさえぎるように、達生は静かに答えた。

「それに私は彼女を不幸にする気はない。幸せに……したいと思っている」

震える声を抑制し、あえてゆっくりと言った達生に、愕然としたように俊広がつかんでいた腕を放した。

こらえきれないように、達生から視線をそらす。

「……じゃ…俺は……？　俺は不幸にしていいのかよ……？」

「俊広……」

悔しげな、なじるようなその言葉に、達生は息を飲んだ。

「達生さんにもてあそばれて、俺だけが不幸になんの……？　ヒドイな……」

わざとだろう。苦しげな薄笑いを浮かべて、俊広が自虐的な言葉を吐く。

それでも子供の頃と同じ、すがるような眼差しが達生にからみつく。

「愛人ならいいのか？　愛人としてなら、ずっと俺とつきあってくれるのか？　達生さん、昨日そう言ったよなっ⁉」

そんなことを望んではいないくせに、追いつめられたようにそう叫んで迫ってくる俊広に、達生は胸をえぐられるような気がした。

「……今日、ここを発つよ。もう会わない方がいいだろう」

低く言ったそれは、達生の本心だった。

「達生さん…っ！」

ハッとしたように俊広が叫んだ。

「逃げんのかっ⁉」

「卑怯だろっ！　そんな……俺、納得できないよっ！　達生さんらしくないよ、こんなやり方……！」

「俊広」

体当たりするようにまっすぐに、俊広は自分の感情をぶつけてくる。
こらえきれずに、達生は目をそらせた。
そんな達生の肩を俊広が強引に引きよせる。

「……っ、とし…っ！」

あわてて払いのけようとした達生の腕も逆の手でとられ、そのまま壁に身体ごと押しつけられた。

「やめろ…っ！」

叫んだ達生にかまわず、俊広が大きな身体を押しつけてくる。
間近に迫ったかみつかれるような激しい瞳の中に、小さな滴がたまっているのに、達生はハッと胸をつかれた。
腕をひねり上げられたまま、近づいてくる唇を避けた達生の肩口に、俊広が頭をすりよせてくる。
震える声が耳に届いた。

「……俺が……勝手に好きなだけならいいのか……？　達生さんが結婚しても、子供ができても……俺が勝手に想ってるだけなら許してくれる……？」

絞り出されたその言葉に、達生は思わず息をつめた。

「……バカなことを」

わずかに緩んだ俊広の手から自分の腕をとりもどし、達生は軽く俊広の肩を突き放した。

身体ばかりが大きくなった俊広の子供のような――いや、まったく子供そのままの言葉に、どう答えればいいのかわからなかった。

そんなことはあり得なかった。ずっと想っていてくれる、などということは。

数時間後の現実を見たあとでは。

達生は唇をなめてから、静かに言った。

「……すぐに忘れるよ。心配しなくても」

忘れてほしい――できることなら。

だがきっと、俊広は自分のことを忘れないだろう。

憎むべき相手として。親友を裏切り、自分を利用した相手として――。

だが達生には本当はわからなかった。

かつての優しい思い出とともに、すべて、自分のすべてを俊広の記憶から消してほしいのか……あるいは。

憎まれたままでも、それでも覚えていてほしいのか。

「三年前のことは一夏の思い出にして、って？」

うめくように言った俊広が、ゆっくりと顔を上げた。

「勝手なこと言うなよっ！」

たたきつけるような言葉が返る。

「すぐに忘れる？　すぐに忘れるくらいならとっくに忘れてるよっ！　こんなに何年も……何年も何年も引きずってねぇよっ！」

「俊広…っ！」

俊広の表情に一瞬、獰猛《どうもう》な色が浮かぶ。

達生はとっさに逃げようとしたが、間に合わなかった。

俊広の指が強く達生の顎を引きよせ、かみつくように唇を合わせてくる。熱い舌が口の中を犯すようにして攻め入ってきた。

自分を抱く腕の力と、ねじこまれた熱に抵抗もできず、達生はただされるままになっていた。

誰よりも……大切にしてきたつもりだったのに。

荒い息をついて、ようやく俊広が唇を離す。

なすがままの達生に、よけいにいらだったように唇をかんだ。

「……俺……どうしたらいいんだよ……？　どうしたら結婚なんてやめてくれんの……？

教えてよ……達生さん……っ」

達生の身体におおいかぶさって、すすり泣くように俊広が声をつまらせる。その震える肩を抱きしめてやりたい衝動を抑えて、達生は深く息をついた。

自分でもどうしていいのかわからなかった。どうしようもなかった。

そして、ようやく背後からの視線に気づいて、ハッとそちらを向いた。

新聞を手にした中年の男が、じっとこちらを見つめていた。

堀江――だった。

おそらくは、健司を始末するために来ている男。

気まずい様子で、達生はその男から視線をそらした。

いいタイミング…と、言えるのかもしれない。まさかこんなところで妙な痴話喧嘩をしている男が、麻薬取締官だとは思わないだろうから。

そしてあわてて、俊広の重い身体を引きはがした。

「と…俊広、朝の仕事があるんだろう?」

達生の声の調子に、ようやく俊広も客がいることに気づいた。

あわてて大きな手で顔をぬぐうと、なかば顔は伏せたまま、荒々しい足取りで厨房の方へと入っていく。

さすがにホッと息をついて、安堵に肩を落とした達生は、もう一度、ちらりと堀江に目を向けた。

堀江は相変わらずこちらを見ていて、目が合うとにやっと笑った。

そして、いい天気ですな、とつぶやいて、ふらりとした様子で達生の前を通り過ぎ、海沿いのテラスへと歩いていった。

達生はその後ろ姿をしばらく見送った。

堀江の動きだけが、捜査陣は読むことができなかった。

河西は取り引き現場で押さえればいい。だが堀江は……事実上、ここではまだ何もしていないのだ。健司の口封じが目的なら、堀江の仕事は取り引き後、という計画になっているはずだった。

健司たちが逮捕されたあと、堀江はどうするのか――。

一緒に押さえることができないのは残念だが、動かなければどうしようもない。

この場はそのまま見逃すことになるのだろうか……。

もどかしい気がするが、どうしようもない。

あるいは――、というか、おそらく。

先日、崖から落ちて死んだ小倉も、堀江が手を下したのだろう、と本部でも意見が固まっているのだが。

しかし証拠はない。しかも殺しだけなら、管轄も別だ。

自分の「仕事」の前からこんなに早く現場に入っているのは、やはり小倉の事件がどう処理されているのか気になったからだろうか。

あるいは、自分の仕事に絶対の自信があるから、だ。

おそらくは「殺し」ではなく、「事故」に見せかける自信。

自分の存在が、容疑者などになることがない、という。

どこかで、オルゴールの澄んだ音が何かのメロディをワンフレーズだけ奏《かな》でて、三十分の折り目を告げる。


あと、二時間――

※　※

捜査線上に柚木健司という古くからの友人の名が上がったのは、半年ほど前だった。

三瀬達生が麻薬取締官になって、三年になろうとしていた。

若い情熱を恐いもの知らずにぶつけてきた俊広から逃げて、三年。

しっぺ返しのように、その兄の名を達生は容疑者リストの中に見た。

関東の広域暴力団、住之江会に関わる麻薬取り引きのルートをずっと追っているさなかだった。

住之江会の子飼いの、小倉という運び屋がしばらく前からマークされていたのだが、さすがに頻繁《ひんぱん》なアジア方面への旅行が税関でもチェックされたのか、ある時からぷっつりと姿を見せなくなっていた。

そして半年前、ようやく居場所を突き止めてみると、なんと小倉は健司のホテルで従業員として働いていた。働いていた――というのが、正しい表現かは別にして。

古くからいる沖の言葉によれば、やはりろくに仕事はしていなかったらしい。

地元の出身でもなく、何の関わりもないそんな男を、健司が雇っていたのはなぜなのか。

小倉の運び屋としての顔と関連づけて考えられるのは当然だった。

実際、それまでたびたび東南アジアへ行き来していた小倉と入れ替わるように、今度は健司が同じ場所へ出向くようになっていた。

表向きは商用として。書類上は、家具やインテリアの買いつけが主だった。そして最近では、むこうに新しくホテルを造る計画も持ち上がっていたらしい。

では、どこから——いったい、そんな資金が出ているのか？

住之江会は当初、ホテルを買い取って自分たちがホテル業を表向きの仕事として、取り引きや密輸に利用しようとしていたのだろう。

だが間に健司をおくことで、当局の目をごまかしやすいと考えを変えた。そして代わりに、小倉を送りこんできたのだ。

海外のホテルというのも、現地に拠点が欲しかったのかもしれない。そのために、海外の出店も健司が、というよりも組織の方が強力に推《お》し進めてきた計画だろう。

健司がどうして密輸などに荷担してしまったのかは……想像に難くない。

母親と弟と、そして古くからの従業員たちの生活を支えるため、だ。

三年前、不慮の事故で父親が急死し、健司がオーナーとしてあとを継いだ時、大学を出たばかりの若造に銀行や金融関係は冷たく、相当資金繰りには苦労したらしい。一度、住之江会の乗っ取りがかかったというから、おそらく接触はその時からのはずだ。

……いや。あるいは。

運び屋が麻薬中毒患者になるのはめずらしくはない。

一時期荒れていたという健司は、その頃、クスリに手を出していたのかもしれない……。

その時に小倉と接点ができたのかもしれない。

小倉が消されたのは当局のマークに気づいたからだろう。

そしておそらく、住之江会の方はこの取り引きを最後に、健司の口も封じるつもりなのだ――。

日常の何気ない風景が通り過ぎていく。

いそがしげに朝支度をする従業員たち。朝食の香ばしい匂い。散歩に出る客たち……。

しかしその時は、ゆっくりと近づいていた――。

10

午前八時過ぎ。

達生はパートナーのケイとともに朝食に降りていった。

今日のケイはいくぶんカジュアルなパンツスーツだった。逮捕に際して、動き易さを考えたのだろう。足元もローヒールのパンプスだ。

表情はいつもの快活で明るい様子だったが、達生には彼女の緊張感が空気を伝わって感じられた。

カフェに入って、すでに顔見知りになった老夫婦に達生は会釈した。

「……できれば彼らを少しホテルから離しておきたいな」

セルフサービスのフレッシュジュースを、ケイの分もとってきてやって渡しながら、達生は低く言った。

そうね、とケイが考えるようにうなずく。

むろん、取り引きが行われる河西の客室だけでことがすめば問題はない。だが、想像もつかない展開になる可能性もある。この老夫婦だけでなく、あと二組ほど滞在している他の客も従業員たちも、本当は全員避難させておきたいくらいだ。だがそんな大勢を動かすことは事実上、不可能だった。この時期にヘタな動きはできなかった。

堀江が一人で隅の席で卵をつっついている姿が目にはいる。彼の動きが不確定要素だった。だが騒ぎが起きれば……堀江自身は、まったく関係のない第三者を装って、そのまま姿を消すのかもしれない。それが堀江にとっては一番安全だ。こちらとしても、何もしていない以上、追求はできなかった。

むろん、たたけばホコリのでる身体ではあるだろうが。

「よう、早いな」

健司が達生の背中から声をかけてきた。

その馴染んだ声に、一瞬、ビクリ、と達生は肩を震わせた。

「静養に来てるんだろ？　朝ももっとゆっくりしてりゃいいのに」

貧乏性だな、と笑う健司に、達生も苦笑いを返した。

「ホテル・ジュビリーはいかがですか、珪子さん？」

健司が目を転じて、むかいのケイに尋ねる。

ケイがそれににっこりと笑った。

「ええ…、海が近くて朝、窓を開けると潮の匂いがするんです。波の音も気持ちよくて……とてもいいところですわ。中のインテリアも素敵だし」

「そりゃ、よかった。ゆっくりしていって下さい。なんなら新婚旅行もここでついでにどうですか」

「まあ」

調子を合わせて軽く声を上げて笑ったケイと健司からわずかに視線をそらせて、達生はいくぶんあわてたように口を開いた。

「いや、健司……、実は俺たち、そろそろ失礼させてもらおうかと思ってるんだ」

少し離れたところにいる堀江を意識しての言葉だった。

今朝の俊広とのやりとりを見られている以上、ずっとここに滞在するつもりだというのはさすがに不審に思うだろう。

「達生さん？」

ケイが演技だけでもないのか、怪訝な声を上げる。

「どうして？　ずいぶん急だな。珪子さんはまだ来たばかりじゃないか」

健司が驚いたように尋ねた。そしてふっ、と身をかがめて、達生の耳元に小さな声を落とす。

「……まさか、俊広のことでか？」

「健司」

　ハッとして、達生は健司の顔を見つめた。

「あいつ、何かおまえに……」

　言いかけて、健司はケイが同席していることに躊躇したのだろう。あわてて言葉をにごす。

「そのことも……おまえとはちゃんと話しておきたいな。……えっと、よかったらあとで時間、くれよ。午前中はちょっといそがしいんだが、午後にでも……」

　そわそわと腕時計を見ながら健司が言った。

「週末だし、そんなにものすごく急いで帰らなきゃいけないわけじゃないんだろう？」

「まぁ…それは」

「じゃ、落ち着いたらあとで部屋にでも連絡するよ」

　ポン、と達生の肩をたたいて、ケイにも、またのちほど、と挨拶すると、健司は達生たちのテーブルから離れていった。

　そして、おはようございます、よくお休みになれましたか、とホテルオーナーらしく、朝食の席に着く客たちににこやかな声をかけていく。

　その姿を達生はじっと目で追った。

　――落ち着いたら。

健司のその声が、耳の中に残った。

おそらく、健司が俊広のことを達生と話せる機会はもう訪れないだろう。

この次に健司と顔を合わせるのは、きっと――。


九時。

朝食を終えた達生はケイを先に部屋に帰し、フロントのむかいのロビーに腰を落ち着けて、新聞を手にとった。

沖が気をきかせて厨房に指示を出したのか、ほどなくコーヒーが運ばれてくる。

顔は新聞に向かっていたが、注意はフロントの人の出入りに向けられていた。

と、達生たちのあとからカフェを出てきた堀江が、通りがかりに達生の前で足を止めた。

「おきれいな婚約者ですな」

何気なさを装って顔を上げた達生に、にやりと意味深に堀江が言った。

どうも、と達生は口の中でつぶやいた。

「奥さまは？」

「寝てますよ。女房もああなるといぎたなくていけませんね」

「奥さまもたまの休暇でしょうから」

堀江はそれに、どうですかね…、とぼやくように言って、では、と離れていった。

堀江の意図はわからなかったが、あるいは脅し……というより、強請《ゆす》り、だろうか。

ケイは名家の令嬢風だったし、婚約者が男とできていた、などということは、普通なら即破談だろう。それをネタに達生を脅せるのか。達生が金づるになるかどうか、その感触を確かめたかったのかもしれない。

殺し屋と強請り屋の兼業か……。働き者だな。

達生は思わず内心でつぶやいた。

通りかかった沖が、おはようございます、と丁重に挨拶してくる。

一番いそがしい時間帯だろうに、沖の物腰はいつもゆったりとしていた。

ただ。

「なんだか今日は……妙にざわついているような気がしますね」

朝の挨拶の合間にふと、そんな言葉をつぶやいた沖に、達生はハッとする。

捜査員たちは、まだホテルの中まで乗りこんではいない。

だが、そんな気配を感じるのだろうか。

あるいは、健司のふだん通りに見せているようで、やはり取り引き前で緊張していないはずのない雰囲気や、……それとも。

俊広の持って行き場のないいらだちが、沖には手にとるように見えるのかもしれない。

申しわけございません、と一言言って去っていく沖に、達生は小さな息をついた。

時刻は九時十五分をまわっていた。

達生はそっと胸のポケットから、イヤーマイクを壁に面している左の耳に装着した。

今日出発する客たちが、チェックアウトに降りてくる。

沖がフロントに入っていた。

その後ろの事務所に通じるドアが薄く開いているのが、光の加減でわかった。

そして、数分後。

床をたたくヒールのかすかな音が耳に届いた。

黒のミニのワンピースに、そろいのロングブラウスを羽織った女が、肩にかかる髪を片手で払いながらまっすぐにフロントへやってくる。河西の女だった。

その手にはルームキーが握られていたが、もう片方の手にはバッグを提げただけで、荷物らしい荷物は持っていない。男があとから持って降りるのだろうか。

「おはようございます」

と、沖の丁重な挨拶が聞こえる。

「チェックアウトをお願い」

「かしこまりました」

女が物憂げにキーをフロントのテーブルにおくと同時に、後ろのドアが閉まるのがわかった。

「女が降りてきました」

新聞の陰で、達生はピンマイクに向かって小さくささやく。

『――了解。二分後に踏みこむ』

それを聞いてから、達生は新聞を畳み、腰を上げた。

河西の部屋は二階だ。

二階に行くには、エレベータ、階段、そして外まわりの非常階段の三通りがある。

健司はどこから行くのだろう……？

エレベータを使うつもりなら、このフロントの前を通るはずだ。ホテル内の階段もエレベータの横なので、同様だった。おそらく外からの非常階段だろう。

達生はゆっくりとした調子でエレベータホールまで足を運ぶと三階を指定した。そのまま二階に上がって、ドアが開いた瞬間、健司と鉢合わせするのはまずい。

『柚木が非常階段を上がっていきます』

外を張っている捜査員から無線が入る。

達生は三階で降りると、素速く階段へまわって一階下へ走る。

階段の陰からそっと廊下の様子をうかがうと、健司がちょうどむこう端にある非常階段の重い扉を閉じるところだった。

片手には黒い皮のボストンバッグを握っている。

その表情はさすがに固かった。

と、その時、気配を感じてハッとふり返ると、ケイが降りてきていた。

ホッと肩で息をつく。ケイに軽くうなずいて見せて、達生は、

「健…柚木が今から部屋に入ります」

と無線で報告する。

健司が深く息を吸いこんで、そしてドアをノックするところだった。

非常口から一番近い、端の部屋。201号室。河西の部屋だ。

室内の様子は隠しカメラでモニターされている。達生たちが中へ飛びこむタイミングは、本部から指示が出ることになっていた。

今はまだ、待機、の指示だった。

健司が中へ入った。

パタン…と閉じるドアの音に、達生は唾を飲みこんだ。

と、それが合図のように奥の非常口がもう一度そっと開いて、逮捕班の同僚が顔をのぞかせる。

達生はそれに軽く手を上げた。

相手はうなずいて、一度頭を引っこめる。

――その時だ。

チン…と軽い、エレベータの到着音が達生の耳に届いた。

え…、と達生は一瞬に身がまえた。

取締官はこちら側と外側の階段のみを使うことになっていた。エレベータで上がってくることはない。

この時間に客がこの階に降りてくることはまずないだろうし、ホテルの清掃にしてもまだ時間は早い。

達生は、もう一度非常口から顔をのぞかせた同僚に、待て、とサインを送る。

「誰かエレベータを降りてくる」

そしてマイクに向かって小声でささやいた。

出てきたのは――俊広だった。

「なんであいつが……！」

思わず達生は低くうなっていた。

下はジーンズではないものの、上は白いTシャツ姿。フロアの従業員はそろいの制服があるのだが、学校の休みに手伝っているだけの俊広は作っていないのだろう。標準の制服があまっていたとしても、俊広の体型では合うはずもない。それに、もともと俊広は裏方の仕事を主に手伝っているのだ。

エレベータから降りた俊広は、河西の部屋の方へ歩いていく。

あのボーヤはまた…、とケイが後ろで舌打ちした。

「……どうする?」

耳元で息を殺すようにして尋ねてくる。さすがに彼女も緊張した面もちだった。

別の部屋への用であったにせよ、取り引きはほんの数分だ。俊広がまたこの階を去っていくのを待っている余裕はない。

たとえば、もし、他の部屋のチェックアウトする客の荷物持ちに借り出されたのだとしたら、さらにまずい。その客たちが出てくるのと突入のタイミングがかち合ってしまう。

本部の指示を仰ぐ余裕はなかった。

「――俊広」

スッ…と廊下に出た達生は、小さな声で後ろから俊広を呼び止めた。

怪訝にふり返った俊広が、達生の姿に驚いたように表情を変える。そして怒ったような……拗ねたような顔で、じっと達生をにらんできた。

「……なんだよ?」

うめくように言った俊広に、しっ、と達生が指を唇にあてる。そして指だけで、こっちに来るように指示した。

一瞬躊躇したが、それでもうかがうようにこちらに近づいてきた。

「どういうつもり？　俺、仕事中なんだけど」

仏頂面で言った俊広の腕をつかむようにして、達生はその大きな身体を薄暗い階段の方へ引きずりこんだ。

いきなりの達生の行動にさすがの俊広も体勢をくずす。

「ちょっ…ちょっと、なんだよ！」

「黙って！」

その低い、と同時に鋭い声に、俊広はギョッとしたように目を見開く。薄暗い階段の奥に、ケイがいたのに驚いたようだ。

達生とケイの顔を見比べて、憮然とした、しかし釈然《しゃくぜん》としない顔だった。それもそうだろう。

しかしそれにかまわず、達生は厳しい声で尋ねた。

「どこの部屋に行くつもりだ？」

「達生さん……いったい……？」

その緊張した声に、俊広はわけもわからずとまどっていた。

「時間がない。聞かれたことに答えろ」

ピシャリ、と達生に言われて、２０１だけど……とおずおず答える。

上目づかいに、問うように達生を見る。

「何の用だ？」

頭ごなしに聞かれ、さすがにムッとしたように俊広が唇を曲げる。

「どうしてそんなこと言わなくちゃいけないんだよ？」

「答えろ」

きつく言われてビクッと俊広がひるむ。

いつにないほど真剣な眼差しに、さすがにただごとではないと俊広も悟ったようだ。

「奥さんが……忘れ物したからとってきてほしいって言われて」

その答えに、チラッと達生はケイと視線を交わす。

その時、イヤフォンから「突入準備」の指示が出た。

達生がマイクに向かって状況を簡単に説明する。

その横顔を俊広が不安げに眺めた。

わかりました、と指示を受けた達生は、俊広に向き直った。

「部屋に行ってそのメッセージを伝えてもらう。そしてドアが開いたら、すぐに部屋から離れろ」

「……って、どういうことだよ？」

「時間がない。あとで……説明する」

そう言いながらも、どう説明すればいいのか、達生にはわからなかった。

逮捕の瞬間を――俊広に見せるのか……、と。

そう思うと、心臓が握りつぶされるようだった。

それでも。

カウントダウンが始まった今、逃げるわけにはいかなかった。

何かまだ聞きたそうな俊広の腕をとって、達生は強引にドアの前まで連れていった。

同僚が一人、すでに壁に張りつくようにして配置している。

その手に握られた銃に、俊広は大きく目を見開いた。

「ちょっと……」

しかし同様のものを達生がジャケットの下からとり出すのに、俊広は愕然と、凍りついた目で達生を見つめた。

「達生さん……？」

かすれた声がこぼれ落ちる。

達生もそしてケイも、それにはかまわずドアの横の壁にぴったりと身をよせる。魚眼レンズで中から確認されないためだ。

達生が強い視線だけで俊広をうながす。

「絶対に横を見るな。普通に……まっすぐ、前だけを向いてるんだ」

達生は小さくささやいた。

その勢いに押されるように、混乱したまま、俊広はドアをノックした。

「――誰だ⁉」

驚くほど強い声がドア越しに返った。

「すみません……。あの、奥さまがコンパクトをお部屋に忘れられたとかで、とってくるように言われまして……」

なんとか平静を装ってそう言った俊広の言葉に、中で男が低くうなる声が聞こえた。

何度も何度もためらった末、とうとうこらえきれないようにちらっと横の達生に視線を向けた俊広に、前を向けっ、と達生は息づかいだけの声で叱責する。

俊広があわてて前のドアを見つめた。その指が落ち着かないように握ったり開いたりしている。

「もう二歩、後ろに下がれ」

小さな声でそう言いながら、達生の額に汗がにじんだ。

ただならぬ緊迫感に、俊広は言われた通り、二歩後ろに退いた。

ガタガタ…と室内で物音が響き、そしていきなり音が途絶える。

達生はゴクリ…と唾を飲みこんだ。緊張で身が縛られるようだった。

中からは何の反応もない。

が、やがてドアのむこうに人の近づく気配があった。レンズをのぞいているのだろう。

達生は息を殺し、銃を握り直した。

俊広をはさんで反対側にいる同僚と、視線で合図を交わす。

その同僚がそろそろと俊広の前に腕を伸ばし、ノブに手をかけた。

ほんの数秒、だったのだろうが、おそろしく長い時間に感じられた。

心臓の鼓動が耳に反響する。

ようやく、カタッ…とロックのはずれる音がした。

達生はすっ…と息を吸いこんで、タイミングを計った。

男の肘で押されるようにドアが開く。そして、ほら、と紫色のコンパクトが無造作に投げてよこされた。

「ど、どうも……」

俊広があわてて両手で受け止める。

その、ドアが閉じる間際――

反対側の同僚がいきなり力をこめてドアを引っぱった。

と、同時に、達生は右足と肩でドアをこじ開けるようにして中へ踏みこんだ。

「なっ…なんだ、きさまは……っ！」

河西が驚愕した顔でわずかにあとずさった。

「河西清一、麻薬取締法違反で逮捕する」

くっ……！　と、男の顔が見る間にゆがんだ。

「くそっ！」

反射的にふりまわした男の腕が達生の肩を殴りつけ、達生の身体はバスルームのドアにたたきつけられた。

ジン…と頭が痺れ、一瞬、意識がかすむ。

「う…っ！」

「――達生さんっ！」

俊広のあせった声が遠くに聞こえる。

「どきなさいっ、邪魔よ！」

ケイの鋭い声が耳に突き刺さる。

「そのまま動かないで！　どうせ逃げられないわよ！」

軽く頭をふった達生の前を、ケイがひらりと飛び越えるようにして中にすべりこむ。

奥の方へ逃げこんでいた河西は、ベランダへ飛び出たところで、ハッと立ち止まった。

バン…ッと荒々しく開けられたガラス戸から、潮風がいっぱいに吹き抜ける。

二階のこの部屋から地上まで、飛び降りられない高さでもなかったが、すでに外には逮捕班の他の取締官が数人、張りこんでいた。

隣の部屋のベランダに移ることも可能だったが、隣は空室で、ベランダの扉も閉まっている。

体勢を立て直した達生も、あとから突入した同僚と奥へ急ぐ。

「達生さん——！」

「下がってて下さい！」

後ろから、自分も入ろうとして制止される俊広の声が追いかけてきたが、達生はふり返らなかった。

ベランダへ出たところで、河西は抵抗をあきらめた。

河西にとりあえず前科はない。麻薬の不法所持、売買の容疑なら、せいぜい数年の禁固刑ですむ。腕のいい弁護士がつけば、別荘暮らしもほんのいい骨休め程度なのかもしれない。

理性がもどってきたのか、ヘタに騒がない方がいい、という判断は、この男にもついたようだ。

こんな時、達生は自分の仕事に虚しさを感じずにはいられない。

これだけの犠牲を……、大切な人たちを傷つけて得られるものが、こんな小さな結果なのか——、と。

それでも。それが達生の仕事だった。

ツインの片方のベッドの端に、ボストンバッグが二つ、なかば口を開かれた状態で放り出されている。

「クソッ！　きさま、密告《チク》りやがったな！」

部屋の隅をふり返った河西が、忌々《いまいま》しげに吐き出した。

健司が――唇を小さく震わせて、その視線の先に立っていた。

三人の取締官にとり囲まれ、さらに廊下にはまだ数人が待機している。

河西は毒づきながらも動きようがないようだった。いつもは数人引き連れているだろう舎弟も、さすがにこのリゾート・ホテルでは目立つので、市内の別のホテルに待機させていることがわかっていた。

カチャッ…と河西の手に手錠のかかる金属音に、ビクリと健司の肩が震えた。

達生がベッドの上のカバンを調べた。

片方には袋詰めの麻薬――覚醒剤だろう。もう片方には現金の束が無造作に投げこまれていた。

肩で息をつく。

――すべては、一瞬だった。

あっけないくらいに。

達生はゆっくりと、健司をふり返った。

「達生……」

呆然とした顔で、健司がつぶやく。

何がどうなったのか——まだ受け止めきれていないようだった。

「おまえ……」

強《こわ》ばるように動く健司の唇を、達生はじっと見つめていた。

「麻薬…取締官……？」

「そうだ」

短く答えた親友の言葉に、一瞬、宙を漂った健司の顔が、ふいに泣き笑いの表情を映す。

「いつから……？」

「三年前だ」

「三年前……？　そうか…、同じだな」

健司がぽつりとつぶやいた。

「いや、逆…というべきなんだろうが……な……」

痩せた頬で小さく笑う。

三年前——健司たちの父親が死んだ年。

その年、達生は大学院を中退して今の職に就いた。いそがしく、極秘の任務も多いこういう仕事なら、俊広との接点もないだろう、と。考える余裕もなく、忘れてしまえるだろうと。

……むろん、それだけの理由でもなかったが。

休みにこのホテルを訪れるような機会も二度とない――そう思っていた。

その同じ年。健司も初めて、麻薬に手を出してしまったのだ。一人で抱えるものの大きさに耐えきれずに。

「どうして……こんなに急に訪ねてきたのか、不思議だったよ……。こういうことだったんだな……」

自分につぶやくように健司が言った。そして天を仰いで、ふーっと大きな息をついた。

「なぜ、俺のことが？」

話しているうちに落ち着いてきたのか、開き直ったのか。あるいは捕まってほっとした、という犯罪者の心理だろうか。

健司は意外と冷静だった。

「小倉はすでに捜査対象になっていた。田舎にこもって真人間になって、人生やり直そうというには勤務態度も悪すぎたようだな」

「なるほどな……」

健司が軽くうなずいて、ほーっと小さく息をついた。

その姿に、達生はこみ上げてくるものを抑えきれなくなる。

「健司、どうして……」

　相談してくれなかった！

何ができたわけでもなかったかもしれない。

ホテルの運営資金を出すことも、経営の助言を与えてやるようなこともできなかっただろう。

だが健司は、麻薬に溺れていく自分がわかっていたはずだ。それでも、一人ではすべり落ちていく自分を止めようがなかったのだろう。

――近くにいれば。

もっと早く気づいたかもしれない。密輸にまで手を染める前に、止めてやれたかもしれない。

思わず叫びかけたその言葉を、しかし達生は飲みこんだ。

そうできなかったのは、自分の責任でもあった。

父親が死に、健司が一番つらい時、自分は健司の前から姿を消していた。自分の都合で連絡を絶ち、逃げるようにして。

「――達生さんっ！　これ、どういうことだよっ⁉」

混乱した叫び声とともに、がむしゃらに制止の腕をふり払ったらしい俊広が飛びこんでくる。

そして目の前に立つもう一人の男に、大きく目を見開いた。

手錠のかかった両手に、その視線が釘づけになる。

「兄さん……!?」

11

ホテルの中の「日常」はすでに失われつつあった。

穏やかな空気は取締官たちによって荒らされ、従業員も他の宿泊客もただ呆然と目の前の非日常的な光景を眺めていた。

他の捜査員に指示を出すために、達生は一足早くロビーへ降りていた。

健司と俊広の前で、いたたまれない、というのが正直なところだった。

『兄さん……、どうしてだよっ！』

目の前の事実が信じられず、そうとりすがった俊広の姿がまぶたに焼きついていた。

「柚木の自宅の方の捜索を行ってくれ。特に一階の書斎と二階の寝室…、個人用のクスリと、今までの取り引きのデータが残っているはずだ」

それでも冷静に出したその指示に従って、数名がどやどやと走っていく。

それと入れ違いに、さすがにこの騒動が耳に入ったのか、健司たちの母親が自宅の方からロビーに姿を見せた。

「三瀬さん……、いったい、これは何の騒ぎですの？」

不安げにあたりを見まわした彼女は、達生に目をとめて尋ねてくる。

しかし達生は、その問いに答えることはできなかった。

どれほどのショックだろう、と思う。

そこへ、ものすごい勢いで俊広が近づいてきた。

他には何も目に入らないように。まっすぐに、達生に向かって。

そして達生の前で立ち止まり――

「俊広……！」

悲鳴のような声を上げて、母親が叫んだ。

俊広の太い腕が、ものも言わず達生を殴りつけた。

達生の身体は軽々と吹っ飛び、ロビーのソファの背もたれにたたきつけられた。

「三瀬さんっ！」

「取締官っ！」

まわりからもいっせいに悲鳴が上がる。

さっき、二階で河西に殴られた時の比ではなかった。

さらにつかみかかろうとする俊広を、あわてて同僚が二人がかりでとり押さえる。

息苦しさに吐き出した咳に、わずかに血の匂いが混じった。口の中が切れたのかもしれない。

達生は重い身体をゆっくりと持ち上げた。

「だ、大丈夫ですか……？」

手を貸してくれた男に礼を言い、達生は軽く頭をふって意識をはっきりとさせた。

そして、放してやってくれ、と俊広を押さえている男たちに頼む。

「しかし……」

「いいんだ」

強く言われて、しぶしぶと男たちが俊広の身体を放す。

肩で荒い息をつきながら、俊広がゆっくりと近づいてくる。

「俊広……！」

しかしもう一度母親に名前を呼ばれて、ようやくその存在に気づき、俊広はハッと足を止めた。

「あなた、なんてこと……。いったいどうしたの？　何があったの？」

母親がおろおろと俊広の腕をつかむようにして尋ねた。

聞かれた俊広は、ぐっと唇をかんだ。俊広の立場では、達生よりもさらに答えられることではなかった。

「健司が……逮捕されました」

達生が静かに言った。

「た…逮捕？」

混乱したのだろう。達生に向き直った彼女は、一瞬、笑うような表情を浮かべた。しかし達生の表情に、すぐにそれが冗談などではないことを悟ったようだ。

「逮捕って……、どうして……？　健司が何を……？」

呆然とつぶやいて、すがるように達生を見上げた母親に、達生はわずかに目を伏せたまま罪状を告げた。

「麻薬不法所持、及び密輸の容疑です」

「麻薬……？」

その言葉がわからないように、蒼白な顔で彼女がつぶやく。

「……そんな……まさか……」

そしてようやくその意味が頭の中で理解できたのか、彼女はふらりと倒れかかった。

「母さん！」

「奥さまっ！」

俊広と沖が支えたのはほとんど同時だった。

俊広は母親を沖に任せて、キッ…と達生をにらんだ。

「……達生さん」

声が震えていた。おそらくは、怒りで。

「このために……来たんだな……？」

まっすぐに達生を見つめ、じりっと近づいてくる俊広に、そうだ、と達生は静かに答えた。そう答えるしかなかった。

「俺を……、俺たちをだまして……？」

「俊広」

だました——確かに、俊広の立場から見ればそうなのかもしれない。

そんなつもりはなかった、というのは言い訳にすぎない。

「おい、それは逆恨みだろう？」

横から同僚の一人が口をはさむ。

「わかってるよ！　アニキが悪いことしたってのはわかってる！　でももっとやり方があるんじゃないのかっ⁉」

……そう。確かに、俊広の言うことはある意味では正しかった。

親友として、まず麻薬取り引きなどやめるように説得するべきだったのかもしれない。

自首をすすめることもできただろう。

——だが。

その時間もなかったし、状況も許さなかった。

あやまることはできなかった。もしあやまれば、自分のしたことをすべて否定することになる。自分のしたことがすべて、偽りになる——。

反論しない達生にさらにいらだったように、俊広がつめよってきた。

「達生さん、俺を……利用したのかっ⁉　いいように利用するためだけに俺と——」

「俊広！」

ロビーでわめきかけた俊広に、さすがに達生が声を上げる。

俊広は激しく肩を上下させた。

「達生さんにとって、俺はその程度のもんだったのか……？」

絞り出すような声で俊広がうめいた。食らいつくように達生を見つめる目に、いっぱいの涙がたまっていた。

「こんなやり方……最低じゃないかっ！　俺は……なんだったんだよっ！　あんたにとって、俺は何なんだよ⁉　利用できればそれでよかったのかっ！　俺の気持ちなんかどうでもよかったのかよっ⁉」

その大きな身体の中にたまるものすべてを吐き出すように、俊広が叫んだ。

達生はただなじられるままに、言い訳もせず、ただ受け止めていた。

「仕事のためなら何でもするのかっ！　兄さんだって、俺だって、達生さんのこと、疑ったことなんてなかったよっ！」

俊広の言葉が刃物のように肉体の奥に入りこんでくる。

達生はただじっと、その痛みに耐えた。

あやまることもできない。言い訳も。

そこへ、手錠をはめられた河西が両腕を取締官にとられて連行されてきた。

不遜《ふそん》な表情が、達生に目をとめて憎々しげにゆがんだ。チッ…、と吐き捨てるように舌を鳴らす。

そして、続いて健司が降りてくる。

「――健司……！」

その姿に思わず母親が叫び、身体は反射的に息子の方へ走りかけるが、驚きのあまり足が動かないようだった。

健司が足を止めて、母親に向き直った。

「嘘でしょう……？　そんな……」

信じられない現実を目の前に見せつけられ、呆然とつぶやく母親に健司が頭を下げた。

「すみません……、お母さん」

その瞬間、母親が泣きくずれる。

「……母さんを頼むな」

健司が横で立ちつくす俊広にそっと言った。

そして、お願いします、と沖にも頭を下げる。

家族に背を向けた健司が、同僚に連れられて達生の前を通り過ぎる。

一瞬、目が合った健司は、強ばった顔をわずかに緩め、ぎこちなく微笑んで見せた。

「よく……平気でいられるなっ！」

しかしその達生の背中に、俊広の怒声がたたきつけられる。

「親友だったんじゃないのかっ⁉ 最低だ……っ。二度と、あんたなんて信じないよっ！

あんたの顔なんて二度と見たくない！」

「――俊広！」

思わず、健司がふり返った。

達生は俊広のその言葉と、母親のすすり泣く声を背中に聞きながら、ぎゅっと拳を握りしめた。

――何を言われようと、わかっていた結果だった。

幸せな、優しい思い出を壊したのは自分だった。自分を、本当の家族の一員のように扱ってくれた人たちだったのに。

ずっと……ずっと大切にしてきた小さなトシくんはもういない。

二度とこの手には帰らない――。

――その時。

けたたましい音を立てて、いきなり火災報知器が鳴り響いた。

12

その日は夏休みで、遠くの学校に行っている兄が帰省してくる日だった。

母が車で駅まで迎えにいっている間に、俊広は家を抜け出して、ホテルの前……正確には裏の海岸で遊んでいた。

一人で海には行かないように、と言われていたのだが、昨日捕まえた魚を岩陰の水たまりに入れていたのが気になっていたのだ。

砂を散らしながら秘密の場所に駆けつけると、水たまりの魚はすでに満ち潮に連れていかれてしまっていて、俊広はガッカリと肩を落とした。

チェッ…、と頬をふくらませて、それでもしょうこりもなく再び魚を入れようと、岩場をぐるりとまわりこんだ。

一面に青く視界が開ける。

少し離れて、家族連れらしいおとなと子供たちがゆったりとした様子で波間でたわむれている。

と、俊広は、自分の張りついている岩のすぐ横に、ポツンと一つの影を見つけた。

男——といっても、まだ少年だったが、俊広からすれば十分に大人の男だった。

そう。多分、兄と同じくらいの。

ポケットに片手を入れ、まっすぐに海に向かって立っていた。

さらりとした髪が潮風に揺れる。

にらむようにも、挑《いど》むようにも、遠くの一点を見つめていた。

俊広がよく見かける、夏に海に遊びにくるちゃらちゃらした若い男たちとは全然感じが違う……。

俊広は吸いこまれるように、じっとその人を見つめ続けた。

と、その前方の波打ちぎわで、キャッキャッ…と小さな歓声が上がった。

俊広より小さいくらいの女の子、そして俊広と同じくらいの男の子が黒く水を含んだ砂に足跡を残して遊んでいた。そのすぐ横で、父親と母親だろう、二人そろって子供たちを穏やかに微笑みながら眺めている。

俊広の目の前の少年の視線が、吸いよせられるようにその家族連れに注がれ、——やがて、その横顔がふわっ…と笑った。

伏し目がちに、まるで見ていていいのかどうか、とまどうように。

さびしそうに笑う人だな、と思った。

もちろん、五才だった俊広がこの時、そこまで深く考えたわけではない。

ただキュッ…と胸が絞られたような気がした。その人から目が離せなくなっていた。

思わず身を乗り出していたのだろう。

あっ、と思った時には自分の身長ほどの岩の上からバランスをくずし、俊広は砂の上に転げ落ちていた。

「わわわ……っっ！」

ばふっ、と顔面につぶつぶした砂の感触が襲いかかり、視界が暗転する。

俊広の上げた悲鳴に、少年が俊広に気づいてふり返ったようだ。小走りに近づいてくるのが、ようやく顔を上げかけた俊広の視界にぼやけて映る。

「危ないな。……大丈夫かい？」

ちょっとびっくりしたような顔をしたその人は、俊広の前に膝をついて、腕を引きよせるようにして立ち上がらせてくれた。

もっとも数十センチの高さからなので、さほどのダメージではない。

俊広は言葉もなく、ぼーっとされるままになりながら間近にその人の顔を見て、なんだかドキドキする。

彼にかけられた言葉も、耳に入っていなかった。

女の人みたいにきれいな、というのとはちょっと違う。確かにすっきりとした顔立ちだったが……顔というより、彼の持つ雰囲気、なのだろう。

おとなびた、どこか近よりがたい……、それでいてその淡い微笑みに引きよせられた。俊広が今まで出会ったことのない、どこか自分とは違う世界にいる人間のようだった。無意識に手を伸ばして、その顔に触れたいという衝動——。とともに、触れるのが恐いような不安。

ごくっ、と唾を飲みこんだ瞬間に細かな砂が喉に引っかかり、俊広はあわててペッペッ…と吐き出す。

「ええと……。ひとり？　お母さんは？」

困惑した様子で尋ねられて、俊広は首をふる。

その声に、俊広はなんだかほっとしていた。普通の人の声だったから。

だが、否定した俊広に彼はわずかに眉をよせた。悪いことを言ったようで、俊広は急いでつけ足した。

「おかーさん……にーちゃんを迎えにいってるんだ。だから」

「お兄さんを迎えに……？」

おや、というように彼がつぶやく。

マジマジと顔を見られて、俊広はちょっと照れたように視線を足元に逃がす。

「ボク…、名前は？」

「ゆずきとしひろ。ごさい」

聞かれもしないのに年までいって片手を広げて見せた俊広に、彼はああ…、と深い息をついた。

そして、その表情がゆっくりとやわらぐ。

「じゃあ、君がトシくんなんだ」

澄んだ微笑み。

自分に向けられたその無防備なほどの笑みに、俊広は思わず息を飲んだ。

ついさっき見たさびしげな表情が、日ざしの中に淡く溶けるように消えて、一人の人間……兄と同じくらいの、生身の少年の姿が実在感をもって手の届くところにあった。

目の前で起こったその変貌が、ずっと俊広の胸に残った。

そのさびしげな横顔の意味を俊広は知らなかったし、深く考えることもできないままに、そのイメージだけがいつまでも記憶に焼きついていた。

彼は手を伸ばして、俊広の頭や肩から砂を軽く払い落としてくれた。

そして仕上げのように、ポンポン、と頭を撫でてくれる。

俊広は思わず自分も手を伸ばして、しゃがんでいてほとんど自分と同じ高さの彼の頭をそっと撫でた。

柔らかな髪の毛の感触が、指の間を心地よくすりぬけた。

驚いたように彼が目を見張り、それから次第にその表情に大きな、優しい笑みが浮かん

でくる。
自分を見て笑ってくれた人。
自分が微笑ませることができた人————。
それがなんだか、俊広には無性にうれしかった。

——その人が三瀬達生という名の兄の親友で、一緒に夏を過ごすためにうちにきたのだと——、彼に手を引かれてホテルに帰って、母親と兄に一人で出歩いたことに大目玉を食ったあと、俊広はようやく知ったのだ……。

※　　　※

最初、その音が俊広には聞こえなかった。
——兄の両手首にかかる手錠。

その金属的な音が、いつまでも刺すように耳に残っていた。

いつも自信に溢れていた兄の……申しわけなさそうに俊広を見る疲れた、だがどこかホッとしたような眼差し。

そして――

初めて見る達生の……冷たい、感情のない横顔。

達生と兄とは十年以上にもなる長いつきあいだった。よくは知らなかったが、両親を早くに亡くしたらしい達生とは、俊広の両親も本当に家族のように親しんでいた。

だまされた……という思いしかなかった。

――だが。

兄への友情の裏切りとか、自分の家族への信頼をアダで返したとか、本当はそんなことは俊広の頭にはなかった。

達生は、自分を裏切ったのだ……。

自分をだまして、利用したのだ。そのために――身体を使ってまで。

達生は、わかっていたはずなのに。

俊広がどれだけ真剣だったかは……どれだけ長い間、ずっと達生だけを見てきたかは、よく知っていたはずなのに。

そんな自分の気持ちが達生に利用されるなんて、考えたこともなかった。

俊広は、達生にはいつでもまっすぐにぶつかってきた。達生には、生まれたばかりのヒナが母親を追うように、無条件の信頼があった。それは信念にも近いものだった。

達生が自分にひどいことをするはずはない。少なくとも、自分の気持ちを故意に傷つけるようなマネは絶対にしない……と。

三年前に一度、拒絶したように――。

受け入れられないものならば、達生は初めから思わせぶりにしたりはしない。同情や何かで、ヘタに期待を持たせるようなことはしない。――そう、思っていた。

だから、俊広は自分の想いを隠すことはしなかった。恐いことなんかなかった。

三年前は、まだ時期が早すぎたのだ。

達生にふさわしい、達生が受け入れてくれるような男になればいいのだ、と。

それなのに。

『好きだよ……』

と、泣きそうな眼差しでそう言ってくれたのと同じ口が、淡々と言ったのだ。

『それが仕事だ』

――と。

その言葉が……その声が耳によみがえるたび、俊広は頭が真っ白になる。

ぎゅっ、と指を握りしめて、わき上がる怒りを身体の中に押しこめる。

そのまま、ほんの昨日、そしておととい、自分の腕の中で熱くあえいで泣いた男の、今は無表情な顔を俊広はじっとにらみつけた。

捕まえた——と思った瞬間、手ひどく払いのけられた男の顔を。

達生は何も言わなかった。

ただ静かに俊広の顔を見つめていた。

まっすぐに——ちょうど俊広が初めて達生に出会った時に見たどこかさびしげな横顔が、ふいに目の前をよぎる。

さびしげな……それはどこか、あきらめにも似た色があった。自分には手の届かないものを、遠く見送るような。

だがそれも一瞬だった。

大きく息を吸いこんだ達生は、俊広から視線をはずし、……もう俊広のことなど忘れたように、あと始末の指示を出していた。

ついさっき、勢いのまま達生を殴りつけた右手はまだ熱をもっている。今までに感じたことのない痺《しび》れが、手のひらをおおっている。

しかしそれで気がすんだわけではなかった。怒りはふくれあがるばかりだった。

怒り——、と同時に、どうしてっ、という疑問。

どうして、こんなことになったのか……何が間違ってしまったのか……。

その答えはわかっているようで、俊広にはつかみきれていなかった。

兄のことではない。それだけではない。

怒りを通りこして、俊広はほとんど放心状態だった。

まるで見知らぬ他人のように淡々と自分の「仕事」をこなす達生の姿が、ぼんやりとにごった目に映っていた。

だから、ドン…とものすごい勢いでどやされるように、誰かの肘が背中にぶちあたった時、ようやく俊広はそれに気づいたのだ。

けたたましい、火災報知器の音――。

「なに……?」

ハッ…と、ようやく間抜けた顔でつぶやく。

あたりは騒然として、誰もがきょろきょろと火の元を探していた。

達生の表情にも緊張が走り、わずかに身がまえたのがわかる。

「どうしたっ!　火事か!?」

刑事――ではなく、取締官だろうか、男が叫ぶ。

「客を避難させろ!」

その声に弾かれたように、フロアマネージャーの沖が動くのが、俊広の視界の隅にかかった。

それ以前の騒ぎに、ホテルに残っていた客のほとんどはロビーに降りてきているようだった。それほどの大人数が泊まっていたわけでもない。

と、誰もが浮き足立った、そんな騒ぎの中——。

鋭い女の悲鳴が空気を切り裂いた。

俊広を含めて、ハッとその場にいた全員の動きが一瞬止まり、その声の方へ視線を走らせていた。

だが声は視界からはずれたホテルのもっと奥の方から聞こえていて、俊広はほとんど反射的にその声の方へ走っていた。達生や、他の取締官たちも同様だった。

ロビーを横切って、エレベータホールが見渡せるところまできた時、前を走っていた男たちが急に立ち止まり、つんのめるようにして俊広の足も止まった。

「近づかないでっ！　下がってください！」

俊広のすぐ前で、捜査員があわてて大きく手を広げ、それ以上、一般の人間が踏みこめないように封鎖する。

いつの間にか達生は、その男たちの一番前にいた。

何があったのか低いどよめきが男たちの口からもれ、俊広は必死に身体を動かしてダークスーツの隙間から前方を透かし見た。

そして思わず、アッ…と口の中で小さな声が出た。

エレベータの前あたりで、右手に銃を持った男が左腕で女の首を絞めていた。

さすがに俊広も、その信じられない光景に呆然とする。

「――ケイ！」

叫んだ達生の声が俊広の耳を弾く。

達生の一瞬にして青ざめた横顔に、俊広は知らずぎゅっと拳を握りしめた。

彼女のことは――これほど心配するのだ……、と。

それは本当に婚約者であろうとなかろうと、仲間ならば当然だっただろう。――が。

それをいうなら、兄や自分だって達生の家族……のはずだったのに。やっぱり達生にとっては、仕事が何よりも優先するのだろうか。

「……おっと。そのまま動かないでいてもらおうか」

銃を握った男が、いやにひょうひょうとした調子で言った。半分、含むように笑っている。

「銃は横へ投げろ」

数人の取締官たちが銃を男に向かってかまえているのが見える。

「きさま…っ、今さらジタバタしても仕方がないだろうっ」

誰かの叫びに、男は口元で笑って余裕を見せた。

「あいにく俺は、おうじょうぎわが悪い男なんでね」

おたがいに銃をかまえたまま、数秒、男と取締官たちの間に駆け引きのような沈黙が流れたが、もとより人質をとられていては勝ち目はなかった。

取締官たちは仕方なく、指示された通りに足元に武器を手放した。達生も同様だ。

耳鳴りがするほどの大音響で響いていた非常ベルは、いつの間にかピタリと鳴りやみ、逆に誰かが唾《つば》を飲みこむ音も聞《こわ》こえそうなほど、あたりは静まりかえっていた。

ふだん気丈なケイの表情も強ばり、わずかに喉をそらして、大きくあえいだのが俊広からもはっきりと見えた。気持ちを落ち着けようとしているのだろう。

ケイの右手には大きなカバンがさげられている。例の、金の入ったバッグだ。

そしてようやく彼女に銃を突きつけている男の顔に、俊広は目を見張った。

ホテルの宿泊客だった。

確か、堀江――と言った。

つい今朝方、このロビーで達生と言い争っていたところをこの男に見られた記憶が、俊広の頭の中にサッ…と駆け抜ける。

なんでこの人が……？

俊広は混乱した。

ただの客だったはずだ。妻も同伴していた。

普通の……、特に目立つ客ではなかった。のんびりと、昼間は釣りでもしているような感じだった。だが今のこの男は、まるで印象が違う。

自分の知らないところで、いったい何が起こっていたのか……。

自分が何も知らなかった——知らされなかったことに、今さらながら俊広は愕然とする。

と同時に、どうしようもない悔しさがわき上がってきた。

相談してくれてもよかったはずだ。仕事だろうが、プライヴェートだろうが……達生が何か必要なことがあったのなら。

このホテルで——この一緒に夏を過ごした場所で、達生が何か「仕事」をする必要があったのなら。

つまり、それほど頼りなく、まったく信用されていなかった、ということだ……。

俊広は自嘲気味に唇をゆがめた。

兄を逮捕しにきたのだとしても——もし…、もし、達生が一言「健司には黙っていろ」と口止めしさえすれば、俊広は何もしゃべらなかっただろう……。

「あんたにはうまくしてやられたよ……、麻薬捜査官殿」

その男——堀江が、正面に達生をみとめてなかば苦笑するように言った。

「あんなところで妙な痴話喧嘩をやらかしてくれるような男が、まさか潜入捜査官だったとはね……」

挑発のようなその言葉に、しかし達生は乗らなかった。

落ち着いた声で、達生は男に対していた。

「今さらどうするつもりだ……、堀江？　おとなしく一般市民のフリをしてチェックアウトすれば助かったものを、何をわざわざ捕まるようなマネをする？」

「なるほど…。やっぱり気づいていたのか」

その達生の言葉に堀江が、くっ、と喉を鳴らすように笑った。

「こんな展開になるとはな……。俺としても仕事を中途半端で帰るわけにはいかない状況でね」

「確かに、すでに一人、殺しているわけだからな」

さらり、とさりげないくらい鋭く切りこんだ達生の言葉に、堀江の表情が一瞬止まる。

「小倉を始末したのはおまえなんだろう？」

静かに重ねた達生のそのセリフに、俊広は息を飲んだ。

小倉を……殺した？　この男が!?

小倉とは、俊広自身はほとんど面識はなかったが、兄が引っぱったという従業員で、あまり評判はよくなかったようだが。

少し前、すぐ近くの崖から落ちて……事故死だと聞いていたのに。

「……さぁて。それについてはコメントを差しひかえておいた方がよさそうだな」

にやりと笑って、注意深く堀江は言った。

「どうするつもりだ？　人質をとったところで、こんなところから逃げきれるものでもないだろう？」

冷静に響く達生の声がどこか遠く聞こえる。

俊広は思わず息をつめて、じっと達生の横顔を見つめた。

……自分の知らない達生。

全然、想像もできない、違う世界に生きていた達生を——。

「それはやってみなくちゃわからない。それにこのままおめおめと帰ったところで、どうせ責任の一端《いったん》は負わされるんだ。このあたりで勝負をかけてみるのもいいだろうと思ってな？」

「ムダなことはやめなさいっ」

と、強気なケイの声が俊広の耳に届く。

俊広はビクッとした。銃を突きつけられていてさえ、さすがに無謀とも思えるほどの度胸だ。

「今のうちにおとなしく自首した方が身のためよ」

キッ…と上目づかいににらみ上げるケイの頭を、からかうように堀江が拳銃の先でこづいた。

「おとなしく自首したところで、それこそ今さらって感じなんでねぇ……」

その言葉にケイが黙りこむ。

殺人をすでに犯しているのなら、確かに今さら、なのかもしれない。

「……その金を持ち逃げでもする気か？」

達生がうめくように尋ねた。

わずかに顔を上げた堀江が、片頬でにやっと笑った。

——その時だ。

スッ…、とケイの身体から一気に力が抜けたように見えた。

思わず俊広の目が奪われる。

浅く彼女の身体が沈んだ瞬間、わずかに男の首を絞める腕の力がゆるんだ。

と、その隙を逃さず、ケイはカバンをもった腕に反動をつけて、その重さのあるカバンを男の腹にたたきつけた。

思わず俊広は身を乗り出した。

アッ…とまわりの男たちからも低い声がもれる。

ぐっ、とうめいて、さすがに堀江の身体がバランスをくずす。

と同時に、堀江の腕が突き飛ばすようにしてケイを前方に押し出した。堀江が壁を背にしていたことと、やはり男の力の方が強かったのだろう。

「……この女……っ！」

堀江は左の肘を壁にあてることですぐに体勢をもどし、逆につんのめるように前に倒れかけたケイに銃を向ける。

男の形相が変わっていた。

アッ…、と俊広が息を飲む。

「――ケイ!」

達生の鋭い叫びが俊広の鼓膜を貫いた。

そして次の瞬間、俊広の目の前で、達生の身体が空を舞った。

耳をつんざくような轟音《ごうおん》――

高い銃声がボワッ…と吹き出すような勢いで身体を突き抜け、全身に鳥肌が立った。

――達生さん……っ!

自分が叫んでいたのかどうかもわからない。

だが心臓は、間違いなくその一瞬、止まっていた。

身動きも、瞬き一つもできずに、俊広はただ目の前の光景を見つめた。

……達生がケイの身体をかばうようにして躍《おど》りかかる。その勢いで彼女を横へ弾き飛ばし、達生はそのままドサッ…と重い音を立てて床へくずれ落ちる……。

その一連の姿が、まるでコマ送りのようにはっきりと見えた。

俊広の体中から、一瞬にして温度が失われた。足も、心臓も、全身が凍りついたようだった。

呼吸をすることも忘れて、俊広はただ呆然と床へ沈んだ達生を見た。

思考が停止し、何も考えられない。

どのくらいじっと見つめていたのか――。

数秒して、達生の背中がようやくぴくりと動く。ゆっくりと身体を正面に返すのがわかって、俊広は思わず肩から息を吐いた。

腹のあたりを押さえていた指が、無意識にギュッとシャツを握りしめる。

……生きて、いる……？

ただそのことに、ほっとした。全身から力が抜けて、床へへたりこみそうだった。

しかし、それで終わりではなかったのだ。

カチッ…という小さな、しかしはっきりとした不穏な響き。

堀江が右手に握ったオートマチックの、セフティをはずした音だった。

そしてその硬い銃身の先は――立ち上がろうとした達生の頭に、直に押しあてられていたのだ――。

ゾッ…とするような寒気が背筋を這いのぼった。

その急激な展開に、俊広は頭がついていかなかった。何がどうなったのか、一瞬、理解できなかった。

「――三瀬……っ！」

少し離れたところで、ようやく立ち上がったケイが悲鳴のような声を上げる。

それにようやく俊広の脳細胞が動き始めた。が、喉はカラカラに乾いて声も出ない。

――達生さん……⁉

堀江が、わずかに緊張した顔に意識した笑みを作る。

「……余興はこのくらいにしておこうか。立てよ」

一瞬、堀江を見上げ、厳しくにらみつけた達生は、それでも言われたとおり立ち上がる。

――と。

「つ…っ！」

達生は小さくうめいて上体を倒すと、痛みを抑えるように左のスネの上あたりを手のひらでおおった。

その手を開けてみると、手のひらにわずかに赤く、血が移っていた。さっき発射された弾がかすめたようだった。

一瞬、俊広はドキッとしたが、達生はすぐに身体を起こした。

「……どうするつもりだ？」

達生の落ち着いた声に、俊広も小さく息をつく。

「あんたにはしばらくつきあってもらわなきゃいけないいな。――まずは」

　堀江がくいっ、と顎をふるようにして上を指した。

「こんなにじろじろと動物園のパンダみたいに見られるのは好きじゃない。部屋に帰って立てこもりでもしてみるかな」

　そして堀江は正面に向き直ると、ケイに命じた。

「そのカバンをこっちに投げろ」

　一緒に飛ばされていたカバンが、ケイのすぐ横に転がっている。

　そのベルトを握りしめたケイは、一度、俊広たちのいる背後をふり返った。最前列にいる上司らしい男が、それに応えるようにうなずく。

　堀江と達生に視線をもどしたケイは、しかしすぐにはカバンを渡さず、代わりに叫んだ。

「足を撃たれた人間なんて足手まといでしょう⁉　私を人質になさいよっ！」

　ケイのその言葉に、俊広はちょっと、なぜだか悔しい思いをかみしめる。ケイと達生との間の、親密な仲間意識のようなものを感じて。

　それともやっぱり……恋人、なんだろうか……？

　そう思うと、心配よりも不快さが先にくる。

　ふん、と堀江が意地の悪い笑みで鼻をならせた。

「歩けんほどのたいしたケガじゃない。悪いが、俺は跳ねっ返りはシュミじゃないんでね。女はやっぱり清楚《せいそ》な方がいい」

その皮肉な言葉にケイが唇をかみ、うながされるままに仕方なくカバンを投げた。

どさっ、と達生の足元に重く落ちる。

堀江はそれをもつように達生に命じた。

そして前を向いたままわずかに後ろに下がると、空いている手でエレベータを呼ぶ。

「また指示を出す。こっちから言うまで、上にはこないでもらおう。——もちろんわかっているると思うが、下手な動きを見せたらその場で人質は殺す。なにしろ、今さら、だからな。一人も二人も変わりゃしない」

特に気負いも感じられないその言葉に、ぞくっと、今まで感じたことのない寒気が俊広の全身をおかしていく。

エレベータのドアが開いたところで堀江がふと、頭一つ後ろの方で突き出していた俊広の視線を捕らえた。

思いがけず目が合って、微笑んでいながらもその鋭い目つきに、俊広は息を飲む。

「ボーイさん。時間の延長をお願いするよ」

冗談のつもりかそう言うと、ハハハ…、と空々しく笑いながら、達生を先に中へ入れ、自分も乗りこんだ。

重い荷物を手にしたまま、達生がわずかよろけるようにして中へ突き入れられるのに、俊広は思わず一歩、足が出る。しかしその目の前で、ドアはガタン…と閉まった。

呪縛がとけたように、いっせいに残された仲間たちがエレベータの前に走っていた。

いくつものにらみつける視線の中で、階数表示が一つ一つ大きくなっていき、それは四階で止まる。

堀江が泊まっていた部屋がある階だった。

「……ちくしょうっ！」

誰かが吐き出すように叫び、ドンッ、とエレベータのドアを拳で殴りつけた。

すべて自分の目の前で起こった出来事であるにもかかわらず、何かまったく現実味がなくて……、ぼんやりとしていた俊広はその音でようやく我に返る。

「……達生さん……」

達生が――人質にとられた……？

その恐ろしい事実がようやく意味をもって頭の中に広がってくる。

すでに人を殺している犯人の……人質に。もちろん、命の保証などあるはずもない。

あの男が――堀江が逃げ場のないホテルにこもって何をするつもりなのかもわからない。

――クソ……ッ！

俊広は心の中でうめき、次の瞬間、ハッと大きく首をふった。

どうでも……いいことじゃないか！

これは警察の仕事だ。いや、達生たちが属する……麻薬取締部の仕事だ。

彼ら自身が招いた不手際だ。

そう、達生自身の――。

ぐるぐると胸の中で渦巻くような不安と恐れと……怒りといらだちと。

堀江のにやけた顔が目の前に浮かんでくる。

……何が時間の延長だっ！　くそやろうっ！　うちはラブホじゃねぇっ！

なんだかわからない、どこに向けていいのかわからないもやもやを、とりあえず俊広は犯人に向かって吐き出すしかなかった。

13

「……厄介なことになったな」

達生の上司である麻薬取締官……梶井、と名乗った男が、やれやれ、とため息をつくようにつぶやいた。

あせっていないわけでもないのだろうが、さすがに表面上は落ち着いていた。

彼ら麻薬取締官と応援の取締官、そして俊広と沖の二人が、とりあえずロビーに集まっていた。

他の客はすべてホテルから避難させ、四階の手前の階段には取締官が一人、張りついている。

火災報知器はどうやらスキを狙うために、堀江が故意に鳴らしたもののようだった。各階、チェックしてまわったが特に異常は見られなかった。

健司はすでに同行の取締官とともに外の車に移され、母親は達生の人質騒ぎを見る前に、すでに沖が家に連れ帰っていた。あまりのショックで寝こんでしまったようだ。

ムリもない。母親には兄は自慢の息子だったのだ。

薄情なようだったが、正直、俊広は今は母親のことまで気がまわらなかった。

「……堀江の部屋は？」

「403号室です。エレベータから一番近いお部屋でございます」

沖が震える声を抑えるように、それでもしっかりと答えていた。

俊広は、兄や母、つまりオーナーの代理という立場でこの場にいるものの、ふてくされたように口を開かなかった。

かといって、あとは彼らに任せた、と言って立ち去ることもできないでいた。

そんな自分自身に、無性にいらだつ。

もう達生さんとは関係ないんだ、と心の中でくり返しながらも、どうしても気になってたまらない。じっと避難してなどいられなかった。

「狙撃班を要請して、窓から狙うのは？」

そのケイの声に、俊広は眉をひそめる。

彼女の声というだけで何か腹が立つし、つい反論したくなる。

そんなことをして……達生さんが危険じゃないかっ！

そう口に出しそうになるのを、なんとかこらえた。

素人が口をはさむこともできない雰囲気の中、ハラハラする俊広の目の前で、いや、と梶井が首をふった。

「外からも部屋を見張らせているが、しっかりとカーテンがおりている」

「それにしても……堀江はどうやってここから逃げるつもりなのでしょう？　逃走車を用意させる気でしょうか？」

同僚だか他の関係者だかが尋ねる。俊広にその区別はつかなかった。

「どうかな……」

梶井がわずかに考えるように首をひねった。

「堀江は自分の車で来ているのでしょう？」

確認するように半歩後ろにじっと立つ沖をちらりと見上げて、彼がうなずくのを待ってから梶井は先を続けた。

「逃走車を用意させるくらいなら、すぐに自分の車で逃げた方がマシじゃないかな？……そういえば、一緒にいた女は？　やはり女房じゃないんだろうが」

「都内のバーの女のようですね。旅行に誘われたからついてきただけで、何の関係もないとわめいてましたよ」

そんな感じだな、と梶井が顎を撫でる。

「堀江は頭のいい男だ。何か方法を考えているんだろう。できればこのホテルから出さずに押さえたいな」

なかば独り言のように梶井が言った。それに数人が同意するように大きくうなずく。

「……三瀬は、ケガの具合は大丈夫なのかしら……」

ポツリとつぶやくようにケイが言った。

彼女が達生を案じるのが、さらにイライラと俊広の心に波を立てる。だが
「かすっただけのようだから、まぁたいしたことはないだろうが。

救急箱を差し入れたい、と言って中の様子を見に行くことはできるかもしれんな」

梶井が言うのを聞きながら、ふと、その時初めて俊広はそのことに気づいた。

――みつせ……？

「……アンタ、達生さんのこと……名前で呼んでたんじゃないの？」

思わず声に出していた。

「――は？」

初めて口を開いた俊広のその言葉に、怪訝にケイがふり返る。

「こんな時に何なのよ？」

ケイがうっとうしげに俊広を眺めた。

だが確かに、俊広にはその記憶があった。達生さん、といやらしく、ケイは達生を呼んでいたのだ。

「……バカじゃないの？　三瀬とのことはお芝居に決まってるでしょ」

あっさりと切り捨てられ、俊広は思わず目をむいた。

「芝居…って、どういうことだよっ！」

ほとんどつかみかかる勢いで、俊広はケイの腕を引っぱった。

ケイは上目づかいに鋭く俊広をにらみつけた。微笑んでいる時にはわからなかったシャープな顔立ちが、いっそう引きしまる。

「まだわからないの？　いいかげん鈍いのね。大男、総身に知恵がなんとやら、って本当なのね」

「なんだとっっ！」

「三瀬と私は単なる同僚よ。私があとからこのホテルに潜入するのに自然な理由づけをしただけ」

ふん、と顎をそらしてあっさりと言った女に、アッ…と俊広は息を飲んだ。

――単なる同僚……？　全部、仕事のための芝居……？

……ってことは……つまり……？

何か重いものがいっぱいにつまっていた胸から、暗いもやが抜けていく。息苦しかった喉から、つかえがとれたように呼吸が楽になる。

つまり、達生とこの女はなんでもない――のか……？

ケイのいいたい放題の辛辣《しんらつ》な言葉も、一気に頭から消え去った。

「……まあ、もっとも？　三瀬にはどっかのバカが暴走しないように、って牽制の意味もあったのかもしれないけど、どっちかというと逆効果だったみたいね？」

ケイも、達生が人質にとられたことに責任を感じないわけではないのだろう。彼女の方も俊広と同じくらいムシャクシャしているようで、容赦なく、わざわざ嫌味たらしい口調でつけ足した。

その「どっかのバカ」が誰なのか、想像がつかないほど俊広もバカではない。

ムッ…と俊広は大きく息を吸いこんだ。

「暴走ってなんだよっ⁉　ちゃんと初めから事情を話してくれれば、俺だってむやみに達生さんの邪魔したり――」

「ちょっとは常識で考えてみなさいよっ、ほんっとにバカねっ！　言えるわけないでしょう？　あなたの兄さんを逮捕しにきました、なんて！」

正論でやりこめられて、ぐぅっ、と俊広は押し黙る。

確かにそうかもしれない。だが。

「……だからって……、こんなやり方をしなくちゃいけないのか？　そりゃ、兄さんのやったことは間違ってたんだろう。でも自首をすすめるくらいのことはしてもよかったんじゃないのかよっ？」

ケイはきれいなラインの眉を上げて、腕を組み、じろりと俊広を見上げた。

「運び屋を一人二人あげたところで、たいした成果はのぞめないのよ。だからわざわざ泳がせて、もっと大元の売りさばいている組織を押さえるためにこんな危険な橋を渡ってるんでしょ」

ピシャリと言われて、カッ…と俊広の頭に血が昇る。

「達生さんがこんな危険な状況になったのはあんたのミスだろ！　あんたがトロいから達生さんが……っ！」

「あんたに言われたかないわっ！　三瀬の気持ちなんてちっともわかっちゃいないくせに、びーびーヒステリーババアみたいにからんでばっかりの坊やにはねっ！」

「な…っ」

思わず俊広は絶句した。

「どういう意味だよっ！　誰がヒステリーババアだっ!?」

生まれてこのかた十九年——もうそろそろ二十年になろうとしている——俊広はこんな暴言を面と向かって吐かれたことはない。

「——水原。必要なら他でやれ」

その時、梶井の低い声が急激に上昇したその場の温度を一気に下げる。

さすがに二人の言い争いは場違いだった。

上司に顎をしゃくられて、ケイが多少気まずげに前髪をかき上げ、ほっと嘆息する。

そして、

「ちょっと来なさいよっ」

と、細い腕が俊広の襟首をつかんで、横のカフェレストランの方に引きずっていった。

結構な力だ。

「いっ…いってぇなっ！」

いつものにぎわいがなく、がらんとしたカフェで、俊広はようやくケイの手をふり払った。

「ほんっとに図体がでかいだけの子供なのね、あなたはっ！」

ほとほとあきれたように言ったケイに、俊広はムカッとして言い返した。

「アンタみたいな年増ババアに比べりゃ、確かに俺は子供だろうけどねっ！　けど、別にそれでアンタに迷惑かけてるわけじゃないだろっ！」

「誰が年増ババアですってっ？」

ぴくり、と眉をつり上げたケイは、本当にどうしようもないという感じで手を広げた。

「ま、あなたもバカだけど、三瀬もいいかげんバカだからワレナベにトジブタってことなのかしらね」

「たっ…達生さんは……バカじゃないだろ……っ」

裏切られた状態でまだ達生をかばっていいものかどうかわからなくて、でもなんとなく言わせるままにはしておけなくて、もぞもぞと俊広が反論した。

と、ふいに、にやっ、とケイが赤い唇だけで笑った。

「は…。だましただの利用しただの、二度と顔は見たくないだのわめいてたわりには、まだ未練たっぷりのようね」

嫌味たらしいその口調に、ぎろっと俊広は彼女をにらんだ。

――ほんっっとーにヤな女だな……っ！

と、思いつつも、言っていることはあたっているだけに反論もできず、俊広は恨みがましい目つきで彼女を見た。

「……そりゃ、未練がないわけないだろ……」

俊広はうめくように言った。

五つの時からずっと、もう十五年も見てきたのだ。そんなにあっさりと思いきれるはずはない……。

そんな俊広を横目に、ケイはおもいっきり聞かせるため独り言を口にした。

「……ああああっ。ホントに三瀬もバカだし、シュミが悪いわよねぇぇぇ……っ。こんな坊やの気持ちをいちいち考えてやったりしてるから自分がしんどくなるだけなのに」

相変わらず言われ放題だったが……しかし、ケイのその意味深な言い方に、ただでさえ混乱していた俊広はさらに落ち着かなくなる。

「……俺の……気持ち？」

ため息を一つつき、じっとケイが俊広を見すえて言った。

「親友を逮捕するのよ？　どうしたってあなたを傷つけることは変わりないんだから、三瀬は自分があなたの怒りのはけ口になろうとしたんでしょ。お兄さんのことも、あなたとの関係もひっくるめてね」

考えてもみなかったことを言われて、俊広は口を開いたまま、呆然とケイを見つめ返した。

……怒りのはけ口……？

「達生さんが……どうしてそんな」

うつろにつぶやいた俊広に、スパッ…と容赦なくケイが切り捨てた。

「あなたが甘ちゃんだからでしょ」

その鋭さに、さすがにドキッとして俊広は言いよどむ。

ケイがまっすぐに俊広を見つめたまま続けた。

「だからあなたのお兄さんも一人で全部を背負いこむようなことになったじゃないの。だいたい私に言わせてもらうとね、三瀬もあなたのお兄さんも、あなたを甘やかしすぎてるのよ。未成年ったっていい男なんだから、ある程度の責任も義務も負わせるべきだったのよ。家のことにしても、恋愛上の気持ちの上でもねっ。ちょっとばかり年上だからって、三瀬やお兄さんが何もかも考えてやることなんてないのよ。だからいつまでたっても、あなたがガキんちょのまま成長しないんだわっ。――ああっ、腹が立つっっ！」

まるで自分のことのように憤慨するケイを、俊広は呆然と眺めた。

その言葉の一つ一つが胸に刺さった。

厳しい言われ方だったが……しかし。

それを否定することは、俊広にはできなかった。

……自分では、もうすっかり大人のつもりだった。何でも自分でできるし、自分で考えて行動できる。そう思っていた。だが。

何でも自分でできる、ということが「大人になる」ということじゃない……。

いつでも自分のことだけ――だったのだ。自分の気持ちを押しつけるだけ……。

「あ……」

俊広は思わずぎゅっと拳を握りしめた。

何でもわかっているつもりだった。兄の考えていることも、達生の想いも。

ふだんと変わらない顔で兄がどれだけ苦しんでいたか。淡々とした表情の裏で、達生がどれほど気づかってくれていたか……。

うろたえて顔色の変わった俊広に、さらにケイは続けた。

「もっとはっきり言ってあげましょうか？　三瀬はね、あなたのためにこのミッションを今、この時期にすることにしたのよ」

「――え……？」

あなたのために、とアクセントをおいて言われて、ハッと俊広は顔を上げた。まったく意味がわからなかった。

「それ……、どういうことだよ……？」

「本当はもっと証拠固めをしてからにしたほうがいいんじゃないか、っていう慎重論もあったわ。でも三瀬がこの時期で押し切ったのよ。……自分のことなのに、あなたにはどうしてだかわからないでしょうね？　自分のしていたことさえ、まったく気づいてないんですものね」

ごくっ、と唾を飲んで、俊広はケイの言葉を待った。バカにされているのはわかっていたが、答えることなどできなかった。もう、彼女に腹を立てている心の余裕もない。

自分のために、と言われても、まったく想像もつかないのだ。

ケイは肩から深いため息をついた。

俊広が落ち着くとともに、彼女の方もテンションを下げていた。というより、初めから俊広に合わせていたのかもしれない。

「……あなた、秋になったらすぐ誕生日なんでしょう？　現在未成年の俊広クン」

「そう……だけど」

なんだか突然話が飛んだような気がして、俊広は思わずきょときょとした。

「五月の連休中に旅行の予定をしていたわね？　お兄さんに頼まれて、タイに」

思わず俊広はマジマジと彼女を眺めた。

確かにその通りだった。……だが。

「どうしてそんなこと知ってるんだ？」

話がまた飛んだように思えることよりも、そっちの方が気になった。

「タイには今まで三度、行ってるわね。むこうで会ったのは全部同じ人間？」

「そうだよ……。むこうにオープンするホテルの現地のエージェントの人で……でも、それがどうしたんだよ？　それがどういう関係があるんだよ!?」

再び気が高ぶっていた。

ケイがこんなところでまったく関係のない話をするはずはない。それがわかっているだけに、思わず叫んでしまったのは何か得体の知れない不安の裏返しでもあった。

「帰国する時に必ず何かお土産に持たされていたわね？　木彫りの民芸品とか何かそんなものを？」

しかしケイは、淡々と続けた。

彼女の言うことがすべて正確なだけに、だんだんと俊広の不安が大きくなる。

そんなプライヴェートなことまで彼女が知っている、というのは、当然、仕事がらみで知りえた情報なのだろう。

……ということは？

言葉をなくした俊広に、ケイが決定的な答えをくれた。

「あなたが持って帰らされていたのはね、むこうが引き渡す麻薬のサンプルよ。最近は、覚醒剤の原料に対する規制が厳しくなっててね。今までとは違う化学物質が原料になっていて、その新しい密売ルートもできているの。国内でも明らかにこれまでと密造方法が違うヤツがいくつか見つかってて……、だから柚木のルートをつぶすことは、ウチにとっても拡散を防ぐ意味でとても重要だったのよ」

声もなく俊広は目を見張り、にらみつけるようにケイを凝視《ぎょうし》した。

「あなた、この間は税関でもチェックされていたのよ。間違いなく麻薬不法所持の現行犯だわ。でもコントロールデリバリーをとったの。あえて泳がせたのよ。あなたが自分の持っているものを知らないのは明らかだったし。もっとも今まではまだ、仮にことが表沙汰になったとしても、あなたは少年Aですむでしょう。でも二十才をこえたら違う。状況によっては名前も公表されるし、実刑がつくかもしれない。そうなればあなたの将来に大きく影響するでしょう。——三瀬はそれを恐れたのよ」

「達生さんが……？」

心臓が痛いくらいドキドキと鼓動を刻み始めた。

俺を……心配して……？　俺のことを？

「三瀬のバカは公私混同して、まずあなたのことを考えたから。だからこの時期、彼自身がここまでやってきたのよ」

同僚としてもずいぶんな言い方だったが、ケイの口元は小さく笑っていた。苦笑、というか、あきれたような笑み。

俊広は思わず両手で手近のテーブルをたたいた。テーブルを床に押し沈めようとでもするように、ゆさゆさと力をいれ、ちくしょう…と小さくうめく。

だがそれは達生に、ではなく、自分に、だった。自分のバカさかげんに、だ。

ずっと頭の中で渦巻いていた暗い、にごった霧は、次第にスーッと消えていった。

自分に対する悔しさ、とともに、……何か疼くような、ぼんやりとした熱が身体の奥からわき上がってきた。

不謹慎だ、と思う。兄が犯罪者として逮捕されたこんな時に。しかしうれしい、という気持ちが抑えられない。

達生はずっと……自分のことを考えてくれていた――。

「ニタニタしてるんじゃないわよ、ホントに単細胞ね」

あきれたようにケイに言われ、俊広はあわてて顔を両手でたたきながら、さすがに決まり悪く咳払いした。

「ついでにもう一つ、教えておいてあげましょうか？　三瀬のこと」

「達生さんのこと？」

勢いこんで、思わず俊広は身を乗り出した。

「どうして彼が麻薬取締官なんてものになったのか」

「――どうして……？」

自分でつぶやいてみて、確かにそれが一般的な職でないことに気づく。

「三瀬に両親がいないことは？　それは知ってる？」

俊広はちょっとぎこちなくうなずいた。

達生のプライヴェートを聞くようで、なんとなく気が引ける。

ケイ自身、俊広から視線をはずして、彼女にはめずらしく言いにくそうに口ごもった。

しかし静かに口を開く。

「三瀬は……両親とも、麻薬中毒患者だったそうよ」

え…っ、と、俊広は声にならない叫びを上げた。

「というか、父親の方がかなりひどかったらしくてね。父親が母親にむりやりクスリを打って、自分の分もクスリ代を稼がせていたようね」

「そんな…。最低の父親だな……！」

俊広は思わず低くうめいた。

「そうね。母親はなんとか夫から逃げ出したんだけど、その時には妊娠していて、結局三瀬を産んですぐに亡くなったらしいわ。クスリでぼろぼろになった身体で、精神的にも体力的にも限界だったんでしょう。七カ月の早産だったそうよ。本当に、ちゃんと呼吸をして、五体満足で特に異常もなく生まれてきたのが奇跡だと言われたって…、彼は言ってたわ」

「そんな……」

俊広は唇を震わせた。

家族縁が薄いような気はしていた。だが、それほどまで凄絶《せいぜつ》な環境だとは思いもしなかった。

「彼は母親の両親に引きとられて、三瀬というのは母親の姓だけど、でも祖父母とも彼にあまり愛情はなかったみたい。どちらかというと、うとましかったようね。まあ母親の両親にしてみれば、娘を殺した男の子供、とも言えるし、……それに」

ケイはふいに口をつぐんだ。少しためらってから、ようやく言葉を継いだ。

「母親は夫に売春まがいのことをさせられて、それでクスリ代を稼いでいたから……実際のところ、父親は誰なのかわからない、得体のしれない子供だから、ということらしいわね」

俊広は呆然としたまま、ただ宙を見つめていた。

まるで……現実味のない話だった。

俊広の、自分自身の過ごしてきた家族との生活……。それが誰にとってもあたりまえの日常だと思っていた。

幼い頃から、何度達生に両親のことでつまらないグチを言っただろう……？　何をしてはいけないと注意されてはむくれて、何を買ってくれない、といってはダダをこねた。

兄とケンカして、何度「兄さんなんかいらないっ！」と叫んだだろう。

だがケンカをするような、口答えをするような家族は誰一人、達生にはいなかったのだ

——……。

どんな思いで達生は、俊広の子供っぽい言葉を聞いていたのだろう……？

それを考えるだけで、俊広は大声でわめきだしたくなった。必死にこらえるように、きつく唇をかむ。

「だから中学生になると同時に全寮制の学校に放りこまれたんだ、って。でも三瀬にとってはそっちの方がよかったと思うけど。——大切な友達も、思い出もできたんだから」

そのやりきれないような響きに、ハッと俊広はケイを見た。

大切な、友達……？

だがその友達に裏切られたのは……達生の方だったのだ。

「三瀬は母親のような人をもう作りたくないから、と言っていたわ。だから麻薬取締官になったんだ、って。……だから、わかってあげてほしいのよ。三瀬にとっては学生時代の

親友が家族よりも大切なもののはずよ。でも、たとえ親友であっても、だからこそ許せないところがあったんでしょう。ずるずるとクスリに引きずられることで、壊れていくことの恐ろしさを知っているから……、三瀬はあなたを自分と同じ目にあわせたくはなかったの。」

静かなケイの声が、一つ一つ俊広の耳の中に……胸の中につもっていく。

――いつだって……自分のことを一番に考えてくれていた……？

裏切られたと思ったのは。

本当は、兄のことではなかった。兄が手をそめた犯罪は確かにショックだったし、信じられないものだった。達生が兄を罰するために来たのだという事実も。

だが自分が達生をなじったのは、……感情的な、兄のことを理由にしただけの、八つあたりに等しいものだったのだ。

達生がこの女と……ケイと婚約したと聞いたから。そんな、人目を気にして好きでもないのに結婚しようだなどと考える達生を、見損なっていたような気がして悲しかったのだ。

自分がずっとずっと想ってきた人は、そんな男だったのか……、という衝撃。そして、自分は達生の仕事のためだけに利用されたのか……というやり場のない怒り。

いや、利用されたこと自体よりもむしろ、達生がそんなふうに人の気持ちを利用することができる人間だったのだ、ということの方が遙かに俊広にとっては信じられなかったのだ。

まさしく、裏切られた——、そう思った。

ようやく達生が自分を受け入れてくれたのだと躍り上がった直後だったから、よけい天国から地獄へ突き落とされた気分だった。

今、こうしてゆっくりと考えてみると。

達生の言動はちぐはぐだったのだ。

結婚と恋愛と。そんなふうにドライに割り切れる人間なら、もっと早く……三年前のあの時に、俊広と関係をもっていてもよかった。

初めて達生のすべてに触れた時、あれほど……泣かなければいけないようなことはなかった。

なくしたと思った温もりが、再び腕の中に——胸の内によみがえってくる。

あの時に見せた涙が、達生の本当の気持ちだったと……そう思ってもいいんだろうか……?

しかし、俊広は不安になる。

それが達生の本心であろうとなかろうと、達生に拒絶される恐さを初めて知ってしまったから。

自分のことを本当に好きだと思ってくれている人はわかる。それが子供の本能だ。

だから、ずっと小さい頃から、達生のその気持ちは知っていた。疑ったことなんかなかった。

俊広にとって、それは恋愛感情と同じだった。というよりも、恋愛感情へと自然に流れていった。

――だが達生にとっては？

「……大切に……家族みたいに大切に想ってるから……？」

無意識に、俊広は口の中でつぶやいていた。

家族、なんだろうか？　結局。

「……弟、でしかないのか……？」

傷つけたくなかった――、というのが達生の本心であったにしても、それは大切な弟だから……？

達生が自分に抱かれたのは、単なる同情だったのかもしれない。自分の気持ちを傷つけないように、と。

後ろむきで臆病な考えなのかもしれない。

だが、今までは何でも自分の都合のいいようにしか考えていなかったのだ……。

「本当に弟としてしか見てなかったとしたら、三瀬は寝たりしないわよ」

ふいにかけられたその言葉に、ハッと俊広は顔を上げた。

「ホントに考えてることがすぐに顔に出る子ね」

豆鉄砲を食らったように驚いた顔の俊広に、ケイがケラケラと笑った。

「今頃になってそんなことうだうだと考えてるの？　やっちゃったあとで？　すごい間抜けね」

さらにくすくすと笑われて、ムッ、と俊広は彼女をにらみ返した。

しかし彼女の言葉は気になる。

「それ、どーゆー意味だよっ？」

ふてくされたように俊広は尋ねた。

「大切な弟だと思っていればなおさら、三瀬はいっときの情に流されたりしない、ってことよ。実際、あなたが単なる『弟』ってだけなら、彼は自分から今回のミッションをはずれたでしょうよ。三瀬も時々バカだけど、まぁ、そういう状況判断ができないほどバカでもないはずだし」

バカバカと言いながらも、――俊広が言われているのと違って――妙に達生には馴れ合ったような親しさがある気がする。

しかも、ずっと古いつきあいである自分よりも達生のことをよくわかっているようなその口調は、チクチクと俊広の神経を刺激してくれる。

「……どーしてあんたにそんなことがわかるんだよ……？」

状況的にはうれしいことを言われたはずなのに、俊広は不機嫌に聞き返した。

それがわかっているのだろう。ケイは挑発するように、にっこりと笑って見せた。

「あら。私と達生さんとはオトナ同士、いろいろと腹をわって話せる仲なのよ」

達生さん、と意識したわざとらしい呼び方に俊広にさらに不機嫌の度が増した。

からかわれているのだ、とはわかる。

——が。

達生への信頼をとりもどさせてくれて、一瞬、いい人なのかも、と思ったりもしたが。

達生と同い年だというこの女には、やっぱりどこか……達生に対して負けているところがある気がして。

歯がゆいような、対抗意識にも似た悔しさを、俊広は感じてしまうのだった……。

14

「変わりありませんか？　堀江から何か要求は？」

ロビーにもどったケイが上司に尋ねた。

それに梶井は首をふって答えた。

「いや、今のところは」

一同がため息をついた。

相手の動きが読めない。辛抱するところだろうが、それが一番、つらい。

「ちょっと君にホテルの内部の様子を聞いておきたいのだが」

と、梶井が帰ってきた俊広を見上げて言った。

さっきまでいた沖は、母親の様子を見に母屋に行ったらしく、席をはずしている。

はい、とおとなしく俊広は椅子にすわった。

かなり、気持ちは落ち着いていた。

「この堀江が泊まっている部屋への出入りは入り口のドアとベランダの窓、この二つということかな？」

手元には無地の紙の上におおざっぱに書かれた四階の部屋割りと、エレベータ、階段、非常口などの配置図がある。

「はい」

「部屋はどういう感じの？」

「403は……、アーリー・アメリカン・スタイルの部屋じゃなかったかな」

ちょっと考えてから、俊広が答える。

「アーリー・アメリカンというと……『大草原の小さな家』みたいな？」

イメージが浮かばなかったのか、横から取締官の一人が尋ねる。

「いや、フロンティアまでさかのぼられるとちょっと。うち、一応リゾート・ホテルだから。どっちかというと『風とともに去りぬ』って感じかな。あんな重厚じゃなくて、もっと田舎っぽい素朴な感じだけど」

俊広が苦笑した。

「隅に小さなバー・カウンターをセットして、飾りだけですが暖炉と、あとはインテリアにカントリー・スタイルのものをいれてます。部屋は四十平方くらいあるから、かなり広いかな」

ほう…、と取締官の興味深そうな声がもれる。

一部屋ごとにスタイルの違うこのホテルの内装は、強制的に踏みこむ際にはちょっととまどうこともあるかもしれない。

「おおまかでいいから、見取り図を書いてもらえるかな？」

梶井が俊広の方に、紙とボールペンを押し出した。

はい、と俊広はゆっくりと考えながら、部屋の内部のベッドやインテリアの位置、バスルームの位置などを書きこんでいった。

と、その時だ。

リリーン…といきなり鳴りだした電話のベルに、一瞬、すべての動きが止まった。

ハッ…、と全員の視線が、フロアの奥にあるフロント代わりの広いテーブルへ向けられる。

「内線だ……！」

俊広が弾かれたように立ち上がって、梶井に告げた。

スタイルがクラシック・ホテルなので、内線にはダイヤル式のインテリアを兼ねた電話を使っているのだ。

内線、ということはこのホテル内部からのコールで……今現在、ホテル内に滞在している客は一人――、いや、組み合わせが変わった一組だけ、なのだ。

「待て」

飛びつくように走りかけた俊広は、その鋭い制止に仕方なく足を止めた。

取締官たちがおたがいに顔を見合わせ、そして梶井がケイに受話器をとるように命じた。

バタバタ…とケイを始め、数人がそちらに向かうのに混じって、俊広もフロントに走っていた。

「はい……」

ごくり、と唾を飲んで、ケイが応えた。それを数人がとり囲み、聞き耳を立てている。

俊広もぴったりとケイの背中に張りつくようにして耳をすませた。

『その声はさっきの女か……』

くぐもった、笑うような声がかすかに俊広まで届いた。

「要求は何なの？」

声を抑えて、ケイが尋ねる。

クックッと男が笑った。

『そうとんがった声を出すなよ。なに、ルームサービスを頼みたいだけだ』

「ルームサービス？」

ケイが男の要求をくり返して、上目づかいに目の前に立つ上司を見上げた。

『そう…、ホテルご自慢のスペシャル・ランチを一つ。そろそろ昼だからな。腹が減ったよ』

「……昼食を要求してます」

一瞬、送話口を押さえて、ケイが早口に告げる。梶井がうなずくのを確かめてから、彼女は相手に答えた。

「わかったわ。それだけ？」

『ああ…、あとそれと、刑事さん…、いや、麻取《マトリ》さん方もご愛用の手錠を一つ』

「手錠？」

ケイの声が裏返る。

『そう。この男に食事を邪魔されたくないんでね。——ああ…、運んでくるのはマトリ以外の、俺が顔を知っているホテルの従業員だ。なるべく早く頼むよ』

それだけ言うと、堀江はさっさと電話を切った。

「ちょっ……！」

何か言いかけようとしたケイの声が途中でとぎれる。

チン…と小さな音を立てて受話器をおき、ケイは肩から大きく息をついた。

「昼食の用意ができるかな？」

梶井が俊広を見上げて尋ねた。

「えっと…、多分。シェフがいれば。えーと……？」

きょろきょろとあたりを見まわした俊広に、取締官の一人が答えた。

「他の従業員なら、全員、裏の家の方に避難してもらってますが？」

彼は、呼んできます、とせかせかとその場を立ち去った。

ほどなくその男と一緒に帰ってきたシェフは、梶井と俊広とに頼まれて厨房に入る。

沖も一緒にもどってきて、さすがにもう落ち着いた様子で、気をきかせて全員にコーヒーが出された。

おいしいはずのコーヒーも半分味がわからないままにすすりながら、俊広はぼんやりとテーブルを眺めた。

「……達生さん……無事かな……」

ポツリと、内心の声がもれていたらしい。

「人質は生きていてこそ価値があるのよ」

ケイにぴしゃりと言われて、俊広は黙りこむ。きつい言われ方だったが、腹は立たなかった。彼女も、心配しているのだ。

見るともなしに、テーブルの上の見取り図や配置図を眺める。

と、ふと、遠い記憶が頭をよぎった。

「あっ……！」

俊広は口元に運ぼうとしたカップを途中で止めたまま、おぼろげに頭に浮かんだ記憶を、なんとか形のあるものにまとめようとする。

「どうしたの？」

俊広の上げた鋭い声に、横からケイが怪訝そうに尋ねる。

あの部屋……あの部屋は確か……。

「俺……、俺がランチを運んでもいいですか……？」

俊広はカップをテーブルにもどし、真剣な眼差しで正面の責任者の男を見つめた。

「考えがあるんです」

※　　※

さすがに、人生でこれまでになかったくらい、緊張していた。

ふっと、三年前、達生の寝室に忍んでいった時のことを思い出す。あの時も緊張していたけど、でも今ほどじゃなかった。

あの時はもっと——期待の方が大きかった。結局は受け入れてもらえなかったけど、でもふられた、とも思わなかった。

ああ…、もっと時間が必要なんだな、と思ったのだ。

自分がもっと、大人に成長するための時間。

その猶予《ゆうよ》を達生がくれていたのに、自分ではまったく気づかなくて。少しも成長できていなくて、それが俊広には悔しかった。

——達生のせいにしてはいけなかった。

もっと自分が、ちゃんとまわりを見ることができていれば、きっと今のこの局面は変わっていただろうから。

とり返さなければいけない。何よりも、達生を。

深呼吸を一つして、俊広はコンコン…と403号室のドアをノックした。

このホテルのドアはオートロックではなく、常に自分で鍵をかけるようになっている。無機質な鉄板ではなく、少し厚めの木製のドアの雰囲気に合わせた形だった。

中から、入れ、と声がする。

どうやらロックされてはいないようだ。

「失礼します」

と、ほとんど客室に入る時のクセで言いながら、ドアを開ける。

真正面から少しはずれて、堀江が奥にセットされたシンプルなテーブルのむこうに腰をおろしている。

その右手から無造作に見えて、まっすぐにこちらに向かっている銃身に、俊広は思わず立ちすくんだ。

「ん？　なんだ…、おまえがきたのか」

ちょっと楽しげに堀江が笑う。

まあ、俊広と達生との関係にあたりをつけているのなら、いろいろと想像することはあるだろう。

「さっきは下でずいぶん騒いでたな。おまえ、この男に利用されたんだろう？　それでも未練があるってことか？」

その言葉に、俊広はあえて苦笑して見せた。頬が引きつっているような気がした。

「どんな様子かと思って。やっぱし…、気になりますよ。未練っていうか……」

俊広はちょっと肩をすくめてみせる。

「いいですか？」

そして片手にのせたでかいトレーを示すと、堀江はうなずいた。

俊広はゆっくりと中へ入る。堀江のかけているテーブルに達生の姿はない。

と、奥へ進むと、入り口からではバスルームの陰になっていたツインのベッドの片方に達生がすわっているのに、はっと目をとめる。

ドキッ…と心臓が大きく波うった。

少しばかり心配していた着衣の乱れもない。

ただ、ジャケットの裾がはだけて、その奥に見えるカラのホルスターが、いつになく達生を無防備に感じさせた。

一瞬目が合った達生は、驚いた表情を見せたが、しかしすぐにするりとそらせた。今すぐにでも飛んでいって、抱きしめて、あやまりたい——そんな衝動を俊広は必死に抑えた。

俊広はなんとか達生から視線を引きはがし、トレイごと堀江の前のテーブルにのせる。

メニューは、ボンゴレのパスタにオムレツ、エビと野菜のフリッタ、ポテトのスープ、サラダ、フルーツ、それにコーヒーとかなり豪華だった。

そしてもう一品。

「注文通りだな」

トレイの片隅にのせられた手錠に、にやっと堀江が笑った。

「ずっと銃で狙いっぱなしってのも疲れるんでな。そいつをあの男にかけてくれ」

顎で鈍く光る手錠をさし、俊広に指示する。

予想できたことだった。

重い荷物を手放した俊広は、冷たい手錠に手を伸ばしてもう一度達生に向き直った。

おびえているのとは違う。だがとまどった目で自分を見つめる表情が、俊広にはたまらなく愛《いと》おしく思える。

そんな目で見られたのは初めてだった。

多分——今までの自分の行動など、達生にはすべてお見通しだったのだろう。ずっと子供の頃から自分を見てきた達生には、俊広の考えていることなんか、簡単に想像することができただろうから。

だから常に先手をとられてきた。必要以上に近づけないように——と。傷つくことがないように、と見えない壁を作ることで、ずっと守ろうとしてくれていた。

だが今度は違う。初めて、自分から達生に手を差し伸べられるのだ。

……俺が、助けてあげるから。絶対に助けてあげるから——。

心の中でそうつぶやく。

しかし口に出した言葉は別だった。

「なんか…、皮肉だな。兄さんに手錠をかけた男に、俺が手錠をかけることができるなんて」

ちょっと笑うような口調で言った俊広に、達生が目を見開いた。

「……俊広……」

小さくその唇が動く。

達生には、今の俊広の行動は読めないに違いない。あるいは、ただ恨んでいるのだ、と思っているだろうか……？

俊広は両膝でベッドに乗り上がり、達生ににじりよった。

凍りついたように自分を見る達生の顔に、さすがに少し、罪悪感を覚える。

「前じゃなくて後ろでかけろ」

背後から堀江が命じた。

俊広はかなり強引に達生の腕を引き、ほとんどのしかかるような体勢で背中向きに達生を組み伏せた。

「と…、俊広……っ！」

思わず、といったように達生の口から声がもれる。

数時間ぶりに触れた達生の肌の温もりが、何かとても懐かしかった。

俊広はくすくすと笑った。

「おとなしくしてよ、達生さん。暴れられると、ちょっとＳＭな気分だな……」

その言葉に、後ろで堀江が笑った。

「どうなんだ？　実際、男とやるってのはいいもんなのか？」

堀江の油断ない視線を感じながら、俊広はカチャ…と金属音を響かせて、達生に手錠をかけた。

そして身を起こして、堀江に向き直る。

「そーっすね。イイですよ。マジ」

堀江にはすでに見られているのだ、という開き直りもあって、俊広はさらっと答えた。

だが彼にその予備知識があるからこそ――今の俊広には都合がよかったのだ。

その言葉に、ほぅ…と堀江は意味深に達生の方に視線を走らせた。

そのわずか艶《つや》の混じった目つきに、俊広は内心でヒヤリとする。

この男にそのケがあるとは思わなかったが、ヘタに興味を持たれると、やはり……不安にもなる。好奇心、ということもありそうで。

が、堀江は俊広に別のことを命じた。

「この料理、毒味してくれよ」

え？　という顔で俊広は男を見た。

「睡眠薬入りなんざ、ゴメンだからな」

「入ってないですよ。……まぁ、俺が料理したワケじゃないけど」

それでも言われた通り、俊広はカゴに入っていた箸の方をとった。

実際、即効性のある睡眠薬をいれたらどうかという意見もあったようだが、そう簡単にはかからないだろう、と梶井が却下したのだ。

俊広はためらいもなく、それぞれの皿に箸をつけ、パクパクと口に入れていく。

「おいおい…、全部食うなよ」

さすがにあきれたように、堀江が止める。

「あ…、すいません。なんか腹、減っちゃって」

「緊張感のないヤツだな……」

俊広はコキコキと首をまわした。

緊張していないはずはなかったが、それでも俊広ははやる気持ちをコントロールしていた。ちょうど、ラクビーの試合にのぞむ時のような心境で。

首をまわすのは、俊広がリラックスしようとする時のクセだ。

そう、今までで一番大切な、試合なのだ。

絶対に、負けるわけにはいかない――。

俊広は気を落ち着けるための一呼吸を、何気ない吐息に隠した。

「俺、なんかキレちゃった感じで。いろんなことがありすぎて。もーどーでもいいって気がして。――この人にも」

と、ベッドの上で苦しい体勢からようやく身を起こした達生を視線でさす。

「なんか、いいように使われたんだなーって思うとね……。マジメにやってられねーって感じっすか」

俊広はわざとぞんざいな口のきき方をした。

「俊広…、おまえ……っ！」

俊広のその言葉に、愕然としたように達生が言葉をつまらせる。

そんな男同士の痴情《ちじょう》沙汰がおもしろいようで、堀江はにやにやと笑っていた。

それでもその銃の先は、達生から今度は俊広に向いている。

「俺、もういいですか？」

箸をおいて尋ねた俊広に、堀江は首をふった。

「もう十分くらいはいてもらわないとな。それでおまえが寝こんだりしなきゃ、俺のランチタイムだ」

ハーッ、と俊広は前髪に手をやって、天を仰いだ。

ずるり、と無造作にもう一客の椅子を引きずって、作り物の暖炉の前に持ってくると馬乗りにすわりこむ。

「……聞いていいですか？」

「ああ？」

堀江は湯気を立てるランチをちろちろと横目にしながら答えた。

「どうやってここから逃げる気ですか？　警察相手にカーチェイスとかしても、逃げられっこないでしょ？」

「マトリにそれを聞いてこいとでも言われたのか？」

特に気分を害したふうもなく、堀江が聞き返す。

「そうじゃないですけど」

「まあ、いいさ。いずれはあいつらにも伝えることだ」

堀江は小さく笑った。

「さっき携帯で連絡をとった。三時間もすれば俺のダチが迎えにくるのさ……。俺はそのお迎えの車に乗りこむだけだ」

「迎え？　でもそれだってずっと追いかけられるんじゃないの？」

「俺はこう見えても人気者なんでね…。ダチは一人二人じゃない。不特定の数カ所で見張っててもらう。もし検問や追尾してくる車や、ヘリなんかがあれば人質の命にかかわる。――ま、そういうところだな。何がついてくるかわからない車を、サツに用意してもらうよりはよほど安全だ」

ハッ、と俊広は椅子の背に乗せていたアゴを持ち上げて堀江を見た。

「……ってことは、達生さんもやっぱり連れていくんだ？」

「あたりまえだろ。それともなにか？　おまえが代わってやりたいってか？」

にやりと唇をゆがめて堀江が笑い、俊広はそれに不自然にならないような苦笑いで返した。

「それはさすがに遠慮したいけど」

「薄情だなァ……。あんたのカワイイ元恋人は」

堀江がからかうように達生に視線を投げたが、達生は唇をかんだまま、何も答えなかった。

もちろん、俊広がそうしてもいい、と真剣に言ったところで、堀江にその気はなかっただろう。

達生が麻薬取締官だということを差し引いても、素手のケンカにでもなった時、体格的に俊広よりは達生の方が人質としては扱いやすいはずだ。

「……お願い、あるんですけど」

少し考えるふうにしていた俊広は、改まった口調で言った。

ん？　と、クンクンとオムレツの匂いをかいでいた堀江が顔を上げる。

「ひょっとしたらこの人の顔が見られるのもこれが最後かもしれないってことだよね？」

「かもな」

あっさりと堀江は答えた。

「だったら最後に……この人とやりたいんだけど」

「と…俊広っ！　何を言ってるんだっ⁉」

あまりにもさらりと言われた言葉に、さすがに達生が目をむいた。

こんなに驚いた達生を見たことがなくて、俊広はこんな状況でありながら、ちょっと楽しい気分になる。

自分が好きだ、と告白した時でさえ、こんなに驚いてはいなかったのに。

しかしその言葉には堀江も一瞬、返事につまったようだ。

「やるって……ここでか？」

「別に見せるのがシュミじゃないから、俺は別室なら別室の方がいいけどさ。でもそれじゃ、あんたの方がマズイんだろ？」

ふっ…と肩を揺らせた堀江は、次の瞬間、大声で笑い出した。

「そりゃ、いい！　ディナー・ショーってわけだな。生板本番つきとは、またサービスのいいホテルだな、ここは」

「うち、アダルトビデオもおいてないからね。このくらいのサービスはさせてもらってもいいかなって」

クッ…と俊広は喉で笑った。

顎を撫で、考えるように堀江は俊広と、そしてベッドの上の達生とを見比べた。

「俺も男同士のモノホンを見るのは初めてだからなぁ……。メシがまずくなるようだと困るが……、まあ、何事も経験かねぇ……」

その堀江の言葉に、俊広はギシリ…と音をさせて、椅子から立ち上がった。

「……俊広……、おまえ……！」

まっすぐに向かってくる俊広に、達生が信じられないというように目を見張った。

じっとその顔を眺めながら、俊広はわざと皮肉な笑みを作る。

「ねぇ、これでおあいこ、だろ？　達生さん。あんたが先に俺を利用したんだ。俺もその分、あんたを楽しませてもらってもいいはずだよな？」

そんなことは本当は思っていない。

達生の驚愕した、というよりも絶望に近い表情に、ズキッと俊広の胸が痛む。

ふと、達生も……こんな同じ気持ちを味わったのだろうか、と思う。

達生がこらえきれないように俊広から視線をそらせた。その両肩が小刻みに震えている。

自分の責任を感じているのだろうか。こんなふうに、俊広に思わせたのは自分だ、と。

これ以上、責めるつもりも困らせるつもりも……罪悪感を持たせるつもりもなかった。

こんな気持ちだったのだろうか……、と初めてわかる。

だましたくなくても、助けたいのだと思っていても、――そのために傷つけなければいけないつらさを、俊広はひしひしと感じる。

そう、たとえ許してくれなくても、やるしかないのだ、と。

靴を脱ぎ、ベッドに再び乗り上がった俊広は、じりじりと腰であとずさる達生をゆっくりと壁際まで追いこんでいく。

「やめ……やめろっ、俊広！」

かすれた声で、達生が必死に叫ぶ。ガチャガチャ…と手錠のすれる音が耳に響く。

その言葉さえも、達生は自分の、というよりも俊広のために叫んでいるのだ。

本当にヤケになって達生を蹂躙《じゅうりん》するのであれば、きっと俊広は後悔するから。それが達生にはわかっているから。

「黙ってよ、達生さん」

俊広はやすやすと達生の肩をつかみ、ベッドの中央まで引きもどした。

「昨日みたいにひどくされたくないだろ？」

その言葉に、さすがに達生がビクリ…と身を震わせた。

俊広は両手で顔を押さえつけて、達生に深くくちづけた。

「ん……っ！」

侵入を拒《こば》もうとする唇をこじ開け、奥までわけいって、逃げる舌をからめとる。乾いてかさかさとした唇を、自分の舌でたっぷりと湿らせる。

指先で頰を撫で、うなじを撫でながら、俊広は何度もキスを奪った。

ようやく息を継ぐのを許して、自分も深く呼吸する。

「おまえ……、本気なのか……？」

荒い呼吸の中で、うわずった達生の声。悲しそうな眼差しに、不謹慎にもゾクゾクする。

こんなふうに本気で嫌がる達生を押さえこんだことなど、考えてみれば今まで一度もなかったのだ。

支配欲と征服欲がかき立てられる。

「本気、本気。言っただろ？　俺はいつだって達生さんに飢えてるんだよ？」

うっとりと俊広はささやいた。

それは、本心だ。しょうがないな、と自分にあきれるけど。

俊広は達生のベルトをはずし、ズボンと一緒に一気に下着まで脱がせた。

「俊広……っ！」

下半身だけをさらけ出す恥ずかしい格好に、達生が裏返った声でわめく。しかも、第三者の……堀江の目の前なのだ。

達生には考えられないことに違いない。

だが両手を後ろで拘束されて使えない達生は、ほとんど抵抗らしい抵抗もできないでいた。

かまわず俊広は、白いむき出しの足のつけ根のあたりからそっと舌を這わせ、ふと、指先がそこに触れた。

瞬間、つっ…！　と達生が身を縮める。

焼けすれたような赤い傷跡……。

俊広はハッとした。

「ふぅん……、これ、さっきあの女をかばってできたキズだよね……」

「あ…ぅ！」

わざと強めにそこを押すと、さすがに痛みが響くのか達生が声を殺して身を強ばらせた。

仲間だから。恋愛感情などはないのかもしれない。――それでも。

おもしろくない、という気持ちは抑えられない。

「俺のことはどーでもいいくせに、やっぱりあの女のことは大切なんだよね？」

わざと意地の悪い言葉をささやく。

達生は否定できないから。言ってはいけないと思っているのだ。

達生は、今度はその傷口にそっと、優しく舌を這わせた。

ケモノがケガを直そうとするように、何度も何度も。

目元を真っ赤にして、達生がうめいた。

「と…し……っ！」

やめてくれっ、と恥ずかしさと……そして俊広に抱かれるということ自体、達生は罪悪感を覚えるのだろうか……。

俊広はどうしようもなくただ悲しげに自分をにらみつけてくる達生を、圧倒的に優位な体勢から見下ろした。

その唇に指で触れ、俊広はもう一度、キスを落とす。

そして身体を起こすと、ゆっくりと自分の服を脱ぎ始めた。

「……俊広……、やめろっ！　頼むから……っ……！」

達生のかすれた声を聞きながら、俊広は静かに微笑んだ。

「大丈夫。俺が達生さんにヒドイこと、するわけないだろ？」

それは言葉通りの意味だったが、その皮肉な口調は、達生の心に届くはずもない。

……ゴメン……達生さん。

心の中でそうつぶやきながら、俊広は荒々しく達生の身体を引き倒した——。

15

さらりとした、優しい肌だった。

指を触れさせると、あっさりとすべり落ちてしまう。

達生自身と同じに。

追いかけて、しがみついて、抱きしめて……捕まえたつもりだったのに、気がつけばいつも手の中にはその幻しかなかった。

子供の頃から。

手の届くところにいて、ずっと手の届かない人だった。

それがようやく、十五年近くもかかって追いついたと思った。ようやく、この大切なものを手にしたと思った——その瞬間、いつの間にかまた、指の隙間から逃げ出してしまっていた。

自分を隠すのがうまくて。はぐらかすのが上手で。

だけど、長かった鬼ごっこもこれで終わりだ——。

俊広は呆然と自分を見上げる達生の頬に、指先でそっと触れた。

「……とし…ひろ……」

かすれた声が耳を撫でる。

手錠で両手首を後ろに拘束された達生が、目の前に横たわっている。

俊広自身がそうしたのだ。

もちろん、今、後ろの特等席からにやにやと、ベッドの二人のプレイを眺めている堀江の命令で、だったが。

達生の意志など関係なかった。

そしてこれから俊広がしようとしていることも、達生には考えられないことに違いない。

強ばった顔が、信じられないものを見るように俊広を見上げてくる。

「……捕まえたよ、達生さん」

俊広はそっとささやいて、微笑んだ。

そう、昔から、鬼ごっこでは達生に負けたことはなかった。俊広が鬼になって達生を見つけられなかったことなど、一度もなかった。

どんなにうまく隠れていても、必ず……スキを見せて、俊広に見つけさせてくれたから。

達生は俊広に優しすぎたから。

「やめろ……っ！」

達生が必死に叫ぶ。ガチャガチャと達生を拘束する金属音が耳につく。

「俊広…っ！　自分のしてることをよく考えろっ！」

達生は、俊広が自分に一種の復讐をするためにこんなことをしているのだ、とでも思っているのだろうか。

怒っている、というよりもむしろ、つらそうな目をしていた。

「よくわかってるよ、達生さん」

俊広は穏やかに答えた。そしてそっと顔を近づけると、耳元でささやいた。

「もう、逃がさないから」

こうやって身体を拘束して、そうして達生を捕まえておくつもりではなかった。そんなことはできないとわかっていた。

そういう意味じゃない。

達生を捕まえた――――。

それは、達生の気持ちがわかった、から。

こんな状態になっても、ずっと自分を心配してくれる達生の想いが感じられるから。

いつもいつも、自分のことだけを考えてくれていた達生の優しさが……信じられるからだ。

口先でどんなに達生が否定しようと、もう達生の……優しいウソにはだまされない――。

今、二人だけだったら。

どんなことをしても、達生の本心を暴《あば》き出してみせるのに。

でも、今は、慎重に動かなければいけない時だった。

俊広は重ねていた身を起こすと、達生の上着を肩から手錠のはまった手首まで引きずり下ろした。

ホルスターのベルトをはずし肩から引き抜くと、ポロシャツの下へ指をすべりこませる。

そっと肌に触れたとたん、達生がピクッ…と震えた。

その手のひらの感触に、俊広もなんだかうれしくなる。楽しんでいる場合でも、喜んでいいシチュエーションでもないのは十分、わかっているのだが。

それでもギュッと目を閉じた達生の表情を、ちょっと意地の悪い気持ちで楽しみながら、俊広は両手を達生の胸から腹にすべらせた。

背後で身を乗り出すような、服のこすれる気配がする。堀江のゴクリ、とツバを飲みこむ音が聞こえてきそうだった。

しかし初めは首筋に痛いほど感じていた男の視線も、達生の肌の熱が上がるほどにだんだんと忘れていった。

指先に突起が硬く引っかかるのを感じると、両方の指でそこを攻める。つまんでもみしだき、押しつぶして、指の間にはさみこむ。

「く……っ……、ふ……」

達生が息をつめるようにして唇をかむ。頬がだんだんと赤く色づいてくる。喉をそらし、唇の端からもれる息づかいが荒くかすれてくる。

目を奪われるほど艶やかな姿だった。

俊広は引き裂くような勢いで達生のシャツを肩が見えるほどまくりあげた。

「とし…、俊広……っ！　おまえ……！」

達生が叫ぶ。

かまわず俊広は達生の胸に顔をうずめて、舌先で完全に立ち上がって色づいていた乳首をぺろりとなめた。

「あぁ……っ！」

軽く歯を立てた瞬間、あやういような声が達生の口からもれ落ちた。

顔を上げて、俊広はクスッと笑った。

「人が見てるとよけい燃えるみたいだね？　達生さん」

わざとからかうような口調で言ってやると、キッ、と鋭い目で達生がにらみつけてきた。

だがそのキツイ瞳も逆にそそられるだけだ。

ちょっと……ほんのちょっとだけ、仕返しをしてやりたいような気分だった。

達生は自分にいっぱいウソをついた。もちろん、仕方がなかったにしても。

達生が表面に見せる作り物の表情には、もう惑わされたりしないけど。

でも、ベッドの上の達生の顔はいつも正直だった――……。

身を起こして、俊広は達生の足にそっと指をすべらせる。

「――俊広…っ！」

その感触に達生が必死に腰をよじった。

わずかに形を変え始めていた達生のモノを手の中に握りこむ。

くっ、と達生が喉を鳴らせた。

左手でそれをこすりながら、右手で達生の片膝を立てさせる。

全裸の達生はいくどか見たが、こんな下半身だけがあらわになった状態は、それよりもずっと淫靡《いんび》に見える。

「俊広…っ！　目を覚ませっ！　バカなことはやめるんだっ！」

さらにあせって、達生の声が裏返っている。

「ちゃんと起きてるよ」

俊広はくすくす笑った。

達生が昔、よく俊広を起こしに来てくれたことをふいに思い出す。ぐずぐずと寝起きの

悪い俊広の布団をはいで、

『いい天気だよ。さあ、目を覚まして』

と、優しい声で達生にうながされると、兄にいくら怒鳴られても布団にしがみついていた俊広が、ぱちっと目を開けられたのだ。

俊広はむき出しになった達生の白い足に、そっと唇を這わせた。

「アッ…アァ……ッ…！」

そこが感じるのか、痛みなのか。同僚をかばった時に銃弾がかすめた赤い傷口を舌でなめ上げると、達生が甲高い声を上げる。

「俺に意地悪した罰だよ」

「と…しひろ……」

そう言うと、俊広はさらに大きく達生の足を抱え上げた。

「うっ…、つっ…！」

腕を後ろに拘束された状態で、かなり体勢がつらいのだろう。達生の顔が苦痛にゆがむ。

「なんか服着たままって、すげぇヤラシイ感じだよな……」

俊広はにやりと笑う。

「どうしたの、達生さん？　ずいぶん早いみたいじゃん？　嫌がってるわりにはさ……」

太い指で達生の中心に触れ、濡れ始めている先端をキュッとつまんだ。

「あぁ…ッ！」

とたん、達生の腰が跳ね上がる。

「達生さんって感度がよかったんだ。やっぱりギャラリーがいるからかな？」

俊広は達生の両足を肩につくほど折り曲げ、ゆっくりと中心に顔を近づけた。

ぺろりと先端からこぼれ落ちた透明な滴《しずく》をなめとると、達生が声をかみ殺すようにして、
それでも腰を揺らせた。すっぽりと口に含んで、丹念に舌を使ってしごき上げる。

「ああ…っ、あぁ……っ、あっ……あぁぁぁ……っっ！」

もう言葉にならないあえぎだけが達生の口をつく。

「イヤラシイ達生さんの顔、見られてるよ」

たっぷりとなめ上げてから口元をぬぐい、顔を上げた俊広は薄く笑いながら言った。

「今まで何人に見せてきたの？　俺のことなんて全然相手にしてくれなかったクセに、他の男にはいっぱい抱かれたんだろ？」

これまで達生がつきあってきただろう男たちに、チリチリとした嫉妬を覚える。そりゃ、二十七にもなる男に、清らかなカラダでいろという方がムリだとはわかっているが。

そう言われても、顔を隠すこともできない達生はただ身をよじった。

柔らかい内腿を撫でると、ビクビクと達生の腰が揺れる。

「俊広、もう……やめろ…っ……！」

自分の唾液でしっとりと濡れた達生のモノを俊広はぎゅっと握りしめ、ゆっくりと上下にしごき始める。

手の中でそれは熱く勢いを増し、先端からはこらえきれない先走りが溢れ続けている。

「いいよ…、イッてよ、達生さん」

俊広はかすれた声でささやいた。自分自身、熱くなっているのがはっきりとわかった。

無意識に喉をそらせ、わずかに開いた達生の唇からもれるあえぎに、俊広は自分が暴走しないように抑えるのが精いっぱいだった。

その俊広の言葉にか、達生が必死に首をふる。

何かに耐えるようにぎゅっと目をつぶって、時折せっぱつまった声で自分の名を呼ぶ達生が愛しくて、俊広は達生の汗の浮いた額や頬に何度も口づけた。

そして下肢をごつい手で性急にしごきたてながら、俊広はもう片方の手を達生のシャツの下にすべりこませた。

固く立ち上がっていた小さな突起を指先で押しつぶすようにしてなぶりながら、手の中ではち切れそうに固くしなっている達生の、ぬるぬると蜜をしたたらせている先端を親指の腹でもみこむようにして追い立てる。

「あ…あぁ…っ、あぁ…っ…もう……っ!」

どうしようもなく達生が腰をよじる。

それに体重をかけるようにして押さえこみながら、俊広は達生の苦しげで……それでいて背筋がゾクゾクするほどエロチックに艶やかな表情を見つめた。

「イイ…？　達生さん、気持ちいい……？」

もう何もかもわからないように、達生が夢中で首をふる。

「とし……も……っ、ああっ……！」

「イキたいんでしょ？」

「ダメ……ダメだ……、俊広……っ！」

涙をにじませながらそれでもまだこらえようとする達生に、俊広はあえて意地悪く、さらりと言った。

「ウソつきの言うことはもう信じないよ」

「俊広……っ！」

俊広は手の動きを速くし、強弱をつけて容赦なく攻め立て、爪の先で先端のくぼみを引っかくようにしてきつくなぶった。

不自由な体勢に組み敷いた達生の表情が、瞬間、恍惚とした色を放つ。

「ヒ…ッ、あ…っ、あぁぁぁぁぁぁ――……っ！」

ついにこらえきれず、上半身を弓形にしならせて達生が達した。

そしてぐったりとシーツに沈む。胸を大きく弾ませ、唇からは止めどなく荒い息を吐き出している。

「すんごくいやらしい顔してた、達生さん」

汗に濡れた前髪をかき上げてやりながら、俊広が耳元でささやいてやると、達生がキッ…と厳しい目でにらみつけてくる。

「俺にされてうれしいって顔してた」

その眼差しをまっすぐに受け止めながら、さらに言葉でいじめてやると、達生があせったように叫ぶ。

「バカなことを……っ！」

「俺にもっとしてほしいって顔してる」

「俊広！」

「もっと、もっと、って。あんなんじゃ、全然もの足りないって」

「い…いいかげんにしろっっ！」

怒りか羞恥か、顔を真っ赤にして達生がわめく。

「自分のしていることをよく考えろっ！　おまえは……こんなやり方で私を辱《はずかし》めて、それで満足するのかっ！」

絞り出すようにして叫ぶ達生の声が胸に響く。

ごめん、というすまない気持ち。もう少し我慢して、という思い。

そして――自分よりずっとずっと先を歩いていたこの大人の男を、自分と同じレベルまで引きずり落として、腕の中で泣かせてみたい……という、ゆがんだ欲望。

今までずっと、達生が自分の思う通りに俊広をコントロールしてきた。弟のように、弟として――節度をもって。距離をとって。冷たく突き放して。わざと嫌われるようにし向けて。

だがその立場が今、逆転したのだ。

達生には俊広がどう行動するのか、何を考えてこうしているかわかっていない。そして混乱している。あるいは、恐れているのかもしれない。

今まで見たことのない、ギリギリまで追いつめられた達生を見てみたい。

俊広が今だましているのは、後ろでこのショーを楽しんでいる堀江だけじゃない。

本気で達生をだましてみたい……、そんな気持ちになっていた。

そして本当の達生の姿を自分の手で暴いてみたい――。

俊広はニヤリと笑って見せた。

「いいのかなぁ……そんなこと言って。俺はもう昔の俺じゃないですよ。子供だましにされてたままの俺じゃない」

クッ、と達生が唇をかむ。

「達生さん、今の自分の状況をわかってないでしょ？　今なら俺、達生さんに何でもできるんですよ？　どんなひどいことだって」

達生さんは——怒るんだろうな……怒ってるんだろうな……、というのは、俊広にもひしひしと感じられる。

今まででも十分なのに、このまま自分が続けたら、それ以上にもっとあきれられるし、悲しませるんだろうな、と思う。

だが、やめるわけにはいかなかった。

「俊広……まだ……おまえ……」

かさかさに乾いた声で、達生がつぶやく。

と、背後から堀江のどこか不満そうな、うなるような声が届いた。

「……なんだ、ハメるんじゃないのか？」

それに、くるりと俊広はふり返って、片頬で笑って見せた。

「もちろん、達生さんだけにイイ思いをさせるつもりはないっすよ。まだまだ、本番はこれから。今のはほんの前菜ってとこかな」

愕然とした目で、達生が見上げてくる。

「おまえ……こんな見せ物みたいなことをまだ続けるつもりなのか…っ！」

思わずというように達生が叫んだ。

その達生の身体を、俊広は強引に裏返した。

「う…ぁ…っ！」

中途半端に脱がされた上着が手錠にからみ、さらに不自由な体勢になっていた。

俊広は力ずくで足を開かせ、腰を高く持ち上げる。

「やっ……やめろ……っ、俊広……」

両肩をシーツにつける形で体重を支え、腰をかかげられる恥ずかしい格好に達生がうわずった声でわめいた。

しかしそれにかまわず、俊広はさっき達生が手の中に吐き出したものを、大きく上げた達生の尻の間にこすりつけた。

ギュッとすぼまった入り口に、指先で精液を丹念に伸ばしていく。尻を手で左右に割り開き、さらけ出させた部分を指でゆっくりともみほぐす。

そこは淫らに収縮しながらも、かたくなに指を拒《こば》んでいた。

「ゆるめて。ケガするよ」

俊広は冷淡に言った。

「あ……」

達生が小さく息を飲む。

本気だとわかったのか、達生がわずかに力を抜いたそのスキに、俊広は中指をもぐりこませた。

「あぅ……っ！」

くぐもった声が、枕に吸いこまれる。

俊広は指を出し入れし、えぐるようにして突き上げた。

さらに達生のあえぎが大きくなり、俊広はいったん指を引き抜く。

「あぁ……」

切なげに震える襞《ひだ》をツメの先でいじりながら、俊広は笑った。

「欲しいんだ」

「ちっ…ちが……」

「こんなにヒクヒクさせてるのに？」

「あ…ぁ…っ！」

指を二本に増やして中を大きくかきまわす。

太い指をゆっくりとうごめかすと、熱い肉があせったようにしめつけてくる。

それをかき分けるようにして、俊広は達生の一番感じるポイントを探しあてた。

くいくいっと指先でそこを刺激してやると、たまらないように達生が嬌声を上げ、腰をふる。

俊広は前にまわした手で、達生の中心に触れてくすっと笑った。

「もうこんなにおっきくしてる。こんなにされるの、達生さん、好きなんだ」

そり返った達生をゆるゆると俊広はしごいてやった。

指を使って前後で攻め立て、追い上げる。

達生の前が再び張りつめて、こらえきれないように腰がよじれる。うめくような声が、喉からもれ落ちる。

俊広はその浅ましい姿をじっと見つめながら、うっとりと言った。

「指じゃ足りなくなった？」

自分の手で達生を思い通りにできる、という快感に酔っぱらっていた。

指を引き抜き、俊広は達生の身体をあおむけにひっくり返した。

達生が大きくあえぎ、すがるような目で俊広を見つめた。

しかしそれに、俊広は薄笑いのまま言った。

「もっとおっきいモノが欲しくなったんでしょ？」

「俊広……」

震える唇で達生がつぶやく。

俊広は達生の身体を引き上げて、肩を枕に乗せるようにした。そして膝立ちになった俊広はおもむろに自分のジーンズの前を開く。

達生が思わず息を飲んだ。

すでに硬くなった俊広の男が、勢いよく達生の前に飛び出してくる。

「ほら、これが欲しいんだろ？　あげるからちゃんとしゃぶって濡らしなよ」

「と…俊広……っ！」

唇をかんで顔を背けた達生の髪をつかむようにして、俊広は正面向ける。

「いきなりつっこむと、達生さんがつらいだけだよ？」

脅すように言うと、達生は荒い息をついて俊広をにらみ上げたが、観念したように目を閉じて小さく口を開いた。

そこへ、俊広は猛った自分のモノを押しこむ。

「……うっ……く……」

苦しげに達生が眉をよせた。

それでも達生の舌が自分のモノをなめ、吸い上げる感触に、俊広は陶然と目を閉じた。

「いい……すごくいいよ……達生さん……」

うわごとのように俊広がつぶやく。

喉を突くように俊広は腰をまわし、深く出し入れする。達生が鼻からうめくような声をもらしたが、容赦しなかった。

達生の唇の端から唾液がこぼれ落ちる。さらに扇情的《せんじょうてき》な眺めだった。

ドクドクと自分が脈打ち、はち切れそうに昂ぶっているのがわかる。自分をくわえる達生の顔だけでもイッてしまいそうだ。

必死にこらえながら、俊広は自分に奉仕する達生を見下ろし、その髪を撫でた。

「達生さんって……フェラ、うまいよね……。やっぱり『仕事』で使ってきたの……？」

そう皮肉ってやると、達生が上目づかいににらんできた。

その次の瞬間、鋭い痛みに俊広は思わず自分を引き抜いた。

「アッ……ッ……！」

達生が先端に歯を立てたのだ。

喉をふさぐものがなくなって、ハァ…ッ、と達生が大きくあえぐ。

「ひどいな……」

俊広がわずかに顔をしかめる。しかし唇をかんだまま自分をにらむ達生が、俊広にはたまらなく愛しかった。

こんなにひどいことをして、達生が怒るのは当然だった。

だが真剣に怒るほど、自分にまだ気持ちがあるということだから。単なる弟なんかじゃない。だからこそ許せないのだ、と。

もっと……もっと怒ればいい。心底怒った達生の顔も見てみたい、と思う。

達生を本気で怒らせることなど、今までの自分にはできなかった。何をしたって、達生はずっと自分には大人の余裕を見せていたから。

見たことのない達生の表情を……すべて見てみたかった。

「仕方ないな。もっとお行儀のいい口に優しくしてもらわなきゃ……」

そう言うと、俊広は達生の両足を大きく抱え上げた。

さっき指でたっぷりと慣らしてやったところに自分の先端をこすりつけてやると、達生がぎゅっと目をつぶった。

「ね……？　欲しい？　達生さん、俺のこと、欲しい……？」

達生が首をふる。

「ウソばっかり」

俊広は喉で笑った。

「いらないの？　ずっとこのままでいいの……？」

ぎゅっと唇をかんだままの達生に、俊広は悔しそうに言った。

「欲しいくせに。昨日だっておとといだって、俺に抱かれてめちゃくちゃ感じてたくせに」

ハッと達生が目を開いた瞬間、俊広は自分を達生の中に押し入れた。

「――あぁ……っ！」

一瞬、息を飲んだ達生の喉から鋭い悲鳴がほとばしる。

俊広は徐々に深く入っていくと、ゆっくりと達生を突き上げた。

「あっ…あぁ……っ」

食いしばった歯の隙間から、達生が切れ切れの声をもらす。

腰を揺すり、まわして、時折入り口付近まで抜きかけては激しく突き入れる。それをいくどもくり返した。

いっぱいに張りつめて自分の腹にあたってくる達生を、大きな手で包みこみ、こすり上げてやると、達生の中がぎゅっと収縮し、俊広をしめつけてくる。

俊広は思わず、小さくうめいた。

「すごい…、キツ……」

息をつき、俊広は達生の足を肩に抱え上げるようにして腰を浮かせ、さらに奥まで貫く。

「ああ…っ、あああぁぁ……っ！」

達生の声もだんだんと昂まってくるのがわかる。

もう、自分の方も限界だった。

達生の腰をつかんだまま激しく自分の腰を打ちつけ、出し入れする。

「と…とし……とし…ひろ……っ！」

「達生さん――…っ」

叫んで最奥まで突き上げた瞬間、俊広は達生の中に放っていた。

ふわっ…と浮遊するような快感が押しよせてくる。

はぁ…、と大きく息をついた時、腹の上に白いものを飛び散らせ、ぐったりとした達生の姿が目に入る。

一緒に達したようだった。

身じろぎすると、ずるりと力を失った自分のモノが抜け落ちる。

肩で息をつきながら、俊広はそっと手の甲で達生の額を撫でた。

と、背中からかかった声にハッとする。

「……ふぅん……。やっぱり男とやるってのはバックを使うんだな。よくそんなでけぇモノが入るもんだ」

感心したようなあきれたような口調だった。

それまでほとんど男の存在を忘れていた俊広は、ちょっとあせった。

夢中になってしまっていた。

「お…男と経験、ないんですか？　クセになるっていいますけど」

俊広は何気なくそう返して、まじぃ、と舌をかむ。

──バカか…俺は……っ！　コイツがその気になったらどーすんだよっっ！

内心で自分を罵倒《ばとう》する。

「クセになってんのか？」

「えっ…？　その、クセ…っつーか、なんつーか……」

にやっ、と笑われて、俊広は引きつった顔で苦笑いを返す。

「イイ声を出すもんだな…。男のあえぎ声なんざどうかと思ったが……」

顎を撫でながら、堀江がベッドに横たわる達生にねっとりとした視線を這わすのに、俊広はハラハラした。

「ま、時間があったら後学のために一度お手合わせしてもらうのもいいかもしれんな」

そう言って、堀江はようやくすでに冷めた昼食に手を伸ばし始めた。

さすがに、今の状態で堀江が達生とおっぱじめるのは無謀だろう。

俊広はほ…っ、と胸を撫で下ろす。

——だが今はともかく、堀江がこのまま達生を連れて逃亡に成功したらどうなるかわからないのだ……。

俊広はまだまだイケそうな自分のモノをなんとかなだめながらジーンズの中にしまい、ボタンをかけるふりをしながら、そっと、ジーンズの前の浅いポケットに指をすべりこませた。

人差し指に引っかけるようにして、小さな鍵をこっそりととり出し、手の内に隠す。

堀江をこのホテルから出すわけにはいかなかった。ここで決着をつけなければ……。

俊広は鍵を手に隠したまま、ぐったりとしている達生の上半身を腕の中に抱え上げた。

そしてあえて卑猥な言葉をかける。

「おいしかった？　達生さん。俺の、たくさん飲ませてあげたから、お腹がいっぱいなんじゃないの？」

「と…っ、俊広……っ」

うわずった声の達生にかまわず、俊広は二本の指をゆっくりと達生の中に差しこんだ。

それはすんなりと柔らかく熱い中へ飲みこまれていく。

「……すごい。ぐちゅぐちゅいってる……」

かきまわしてやると、指にそって自分の出した精液がとろり…と流れ出してくる。

「あぁ……」

「ダメだよ。もういいかげんにしないと。二度もイッてるくせに、まだ足りないの？」

言葉でなぶりながら、俊広は手の中の鍵を熱く溶ける達生の中へ素速くもぐりこませた。

「と…とし……なに……っ！」

小さな異物に気づいたのか、ハッと達生の身体が強ばる。あせった声が上がったのを、俊広は強引に唇を重ねて奪いとった。

息ができないほどに激しくキスをしかけてから、ようやく離してやると、達生が肩で大きく息を切った。

「俊広……？」

何か、問うように達生が見上げてくる。

しかし背後からの目があるのだ。それに答えるわけにはいかなかった。

俊広は達生の身体を突き放し、ベッドわきに脱ぎ捨てたシャツをだるそうに頭からかぶった。

そして疲れたように、暖炉の前に持ってきていた椅子に身体を投げ出した。

「……おまえ、結構、イイ性格してるじゃないか……」

堀江が左手でパスタをフォークに巻きつけながら、小さく笑った。

銃はテーブルの上についた右手の中にあったが、俊広が部屋に入ってきた時のように狙いを定める、というよりは、待機、という状態に近い。

俊広との間にはいくぶん距離があるからだろう。達生に注意を向ける必要がなくなった分、少し余裕があるようだった。

「イイ性格って？」

「ほめ言葉さ。肝がすわってる」

さらりと堀江が言うのに、ハハハ…、と俊広は乾いた声で笑った。

「男の恨みは恐いんっすよ」

「どうだ？　おまえ、このまま俺と一緒にこねぇか？」

冗談なのかどうなのかわからない口調で、堀江が言った。

スープのカップを口元に運びながら、視線だけは鋭く俊広を射抜いている。

一瞬、俊広は返事につまった。

罠なのか、試しているのか。それとも本気なのか。判断はできなかった。

「……そーだなぁ。どうせアニキもムショだし。おふくろもあれじゃ、ホテルを続けていけるかわかんねぇしな……」

俊広は小さく息をついてから、椅子の背に顎をのせるようにしてのっそりとつぶやいてみた。

確かに堀江に、ここでもう一人、使える人間ができればずっと動きは楽になるはずだ。俊広が堀江の誘いにのれば、下にいる取締官たちの裏をかいて逃走することも容易だろう。

――だが、堀江がどこまで自分を信用するつもりなのか。堀江をうまくだましているつもりで、最後に裏をかかれるのが自分ではない、という保証はない。

そのあたりが俊広には読みきれなかった。

「分け前、半分くれるんなら考えてもいいかな」

「俊広…っ！」

結局、冗談めかしてそう言った俊広に、わずかに身を起こした達生が横からあせったような声を上げる。

「……なーんて」

ちらっと達生を横目に笑って、俊広は肩をすくめた。

「俺、そこまでの度胸はないっすから」

にや、と堀江が笑う。

やはり試されていたのかもしれない。

そんなに簡単に誘いにのれるほど、ワルが身についている俊広でもなかった。

だまそう、という意識ではいけないのだ。

意識して誰かをだませるほど、俊広は複雑な性格でもなかったし、それは自分でよくわかっていた。なるべくストレートに自分を出すしかなかった。

「すげー、イカス格好だよ、達生さん」

椅子の背に両腕を寝かせ、その上に顔をのせて、まじまじとベッドを眺めながら俊広が言った。

そして、ふと堀江に視線を向ける。

「車で逃げるんなら、どのくらい走るのかしんねーけど、達生さん、シャワー、浴びといた方がいいんじゃない？　俺、中に出しちゃったから車でゲリったりすると最悪じゃん」

さすがに堀江が顔をしかめた。

「おいおい……、冗談じゃないぞ」

そして堀江は、達生に向かって軽く顎をしゃくった。

「浴びてこいよ」

くっと達生は唇をかんだが、達生にしてもそのままでいることはできないのだろう。

しかし、身を起こした達生の下半身はむき出しだったが、上はいまだ服を身につけたままだ。

チッ、と堀江が舌を打った。

「一度、手錠をはずすしかねぇか……」

小さくつぶやいたのに、俊広はハッとした。

「キーは……下か？」

堀江が俊広に向き直って尋ねたのに、俊広は思わず立ち上がっていた。

「とりにいくのはめんどくさいな」

だるそうに言うと、俊広は大股でベッドに近づいた。

「そのまま浴びてもいいんじゃない？　どうせ洗うのは尻の中だけでいいんだし」

にやにや笑うと、俊広は手を伸ばして強引に達生の腕をつかみ、ベッドから引きずるようにして立たせた。

「あ……っ」

軽くよろめいて、俊広の腕によりかかった達生のむき出しの白い腿に、とろりと俊広が放ったものが流れ落ちた。

「なんなら、俺が洗ってあげようか？」

堀江がそれを許すかどうかはわからないが。

ポロシャツの裾から見え隠れする中心のかげりが扇情的だった。

と、ガツン…、という感じで顎におそろしい衝撃がきた。

「っ…てぇ……っ」

俊広は顎を押さえて思わずうめく。

達生が頭突きを食らわしてきたのだ。

「い…いいかげんにしろっ！」

震える声で叫んで、俊広をにらんだ。

チッ、と俊広は舌を打つ。

「ヒドイな……。せっかく男前の顔なのに」

顔をしかめて顎を撫でながら、俊広はブツブツ言った。

そしてバスルームのドアを開けてやる。

「お湯、出してあげようか？」

「よけいなお世話だ」

押し殺した声で、達生がうなった。

「つれないなぁ…。よく一緒に入ったのに」

「おまえが子供だった時だろうっ」

あわててつけ足した達生にかまわず、俊広は続けた。

「ねぇ…、覚えてる？　この部屋にも何度か泊まったよね？　客がいない時にさ。かくれんぼとか宝探しとか、一緒に遊んでくれたよね」

柔らかな、昔を懐かしむ口調で、しかし達生に向けた俊広の表情は、厳しいくらい真剣だった。

「俊広……？」

怒りを含んでいた達生の目が、ちょっと不思議そうな色を帯びる。その目を俊広はじっと見つめ返した。

「俺だけの宝物の隠し場所だって教えてあげたよね……？」

達生がわずかに眉をよせ、探るような眼差しで見上げてくる。

今までのようにただ怒っているとか、悲しんでいるのではない。

「さっさとしろよ。たらたらしてるヒマはないぞ」

後ろから堀江の声がかかり、俊広は軽く達生の肩を押し出した。

「浴びてきなよ。俺が達生さんの中に入れたモノ、ちゃんと出してね」

挑発的であるはずの俊広の言葉にも達生は無言のまま、バスルームへ入った。

中へ入ってから、何か探るようにふり返った達生に、俊広はそっとうなずく。そして口元だけで微笑んで見せた。

今までみたいな、意地悪な、傷つけるような笑みではない。

本当に優しい、微笑みで――。

16

バスルームのドアは、堀江の命令で半分しか閉じることができなかった。

外を気にしながら、達生は重い足を持ち上げて、ようやくバスタブをまたぐ。

普通のビジネスホテルなどのユニットバスよりもいくぶん浅く、身体を伸ばせる細長いタイプのものだったが、それでも全身がきしむようだった。

背中で拘束された手を必死に伸ばして、ようやく蛇口をひねる。

水量の微調節ができないので、ザアッ…とたたきつけるような水が一気に飛び出してきた。

「クソ…ッ」

——俊広のヤツ……。

自分のみじめな姿をくもり始めた鏡の中に否応なく見せつけられ、思わず達生は低くうめいた。

広い鏡から視線をはがして、達生は顔面から激しいシャワーをかぶる。

たちまちジャケットからポロシャツまでずぶ濡れになっていくが、もうどうでもいい感じだった。

足の傷に湯が沁みて、チリチリするような痛みを覚える。かすり傷程度だからたいしたことはないはずだが。

そこに這わされた俊広の舌の感触がよみがえって、瞬間、ザッ…と背筋を何かが駆け抜けた。

達生はぶるっと首をふって、大きく息をついた。

ともかく一人きりになったという余裕で、少し冷静さがもどってくる。

ようやく、中に出されたものがこぼれないように、必死になって抑えていた部分から力を抜いた。と同時に、肌を伝って流れ落ちる生暖かい感触に達生は唇をかむ。

シャワーヘッドのかけられている壁に背を向けると、わずかに腰を突き出すようにしてその部分を流れ落ちる湯にさらす。

一人きりではあっても、自分の格好の恥ずかしさに涙が出そうだった。

ポロシャツの裾を持ち上げるようにして、拘束された不自由な右手の指をそっと中へ押し入れる。

……あの、最後に俊広が中へ入れたものが、身動きするたび身体の中で不快に動く。

いったい……？

先についている小さな輪のようなものを指先に引っかけて、ようやく中からそれを引きずり出した。

　これは……！

　その感触に達生は思わず息をつめた。

　浴室の大きな鏡に、手錠のはまったままの両腕を伸ばしてなんとか写してみると、思った通り、それは手錠の鍵だった。

「あいつ……！」

　こんなものをなんてところに入れるんだっっ！

　思わず顔を赤くして、達生は内心でののしった。

　それでも――ほっと、心の底で深い安堵の息をついていた。

　よかった……、と本当に涙がこぼれそうだった。

　膝から力が抜けて、冷たいタイルの壁に身をよせたまま、ずるりと身体がすべり落ち、かろうじてバスタブの縁に腰を下ろす。

　よかった――……。

　あれだけひどい言葉をぶつけてきながらも、俊広の本心は違うのだという証拠だった。

　俊広が自分を許してくれたのか、それともただ、取締官たちに説得されて鍵を渡したのかはわからなかったが、それでも。

　あんな……人前で抱くようなことをした俊広が、自分を意図的に傷つけようとしているわけではないことがわかっただけ、うれしかった。

ザーザーと反響する水音の中で、達生は見えないままに何度も失敗しながらようやく手錠に鍵を差しこみ、なんとかはずすことに成功した。

金属音をさせないように、バスタオルと一緒にごちゃごちゃとかけられていた備えつけのハンドタオルにくるんで、とりあえず洗面台にのせておく。

小さく吐息して、達生は強ばった両手首をマッサージするようにしてまわした。

それにしてもあいつも危険なマネを……。

自分が一息つくと、やはり俊広のことが心配になる。

素人のクセに、こんなところまで乗りこんできて……。

水音に邪魔されながらも、達生は外の話し声に耳をすませた。

「……おまえたちのはいつも派手な痴話喧嘩だな……」

堀江が低く笑っているのが耳に入る。

そう、この堀江には今朝方にも、俊広との諍《いさか》いを見られていた。

「達生さんって、ケッコー、跳ねっ返りってタイプなんだよなぁ……」

……誰が跳ねっ返りだ、誰が！

俊広の暢気《のんき》なそんな言葉に、思わず達生はカッ…と頬が熱くなる。八つも下の子供にそんなふうに言われる筋合いはなかった。

しかも、殺人犯相手にあいつはどんな世間話をしているんだっ！

そんな男の目の前で……自分がされたことを考えると、頭の先から怒りが吹き出しそうだった。

——だが、それでも。

憎めない……のだ。俊広は。

やんちゃで可愛い弟、だった。

弟だった、はずなのに………。

ため息をついて、達生はともかく羞恥をこらえながら、自分の身体の中を洗った。

それから——、ようやくさっき俊広が言った言葉が頭の中によみがえる。

『俺だけの宝物の隠し場所だって教えてあげたよね……？』

宝物の……隠し場所？

確かに昔、達生はよくこのホテルの部屋に泊めてもらった。

夏場で部屋が満室の時は、健司たちの家に泊まったが、空いている時にはこちらのホテルの部屋を使わせてくれていた。

だからこのホテル内のたいがいの部屋には泊まったことがある。

このアーリー・アメリカン風の部屋は、幼かった俊広がやけに気に入っていたタイプの客室だった。

それがなぜかと言えば…………。

ハッと、達生は目を見開いた。

まさか……俊広は、それが言いたかったのだろうか……？

と、ドアの外からピピピピピッ…、とかすかに携帯の呼び出し音が聞こえ、達生ははっとそちらに意識を集中した。

「……ああ、わかっ……。じゃあ、……だな……、あと三十……だな……？」

堀江の低い声がポツポツ、と届く。仲間からのようだ。

「ああ…、ホテルの前につけろ。大丈夫だ、邪魔はさせん」

逃走のために仲間を呼ぶというのはさっき聞いていた。

自分を人質にして牽制すれば、ある程度、追跡をかわすこともできるかもしれない。まったく警察の追尾《ついび》を想定していないはずはないから、逃走用の車も都内に入れば途中で何度か変えるだろう。

厄介だな、と思う。それも自分のせいで厄介な状況になっているのだ。

「おい、そろそろ出てきてもいいんじゃねぇか？　今からきれいにして、また一戦やるつもりじゃねぇだろ」

堀江が冗談ともつかないセリフを吐き、俊広が乾いた声で笑うのが聞こえた。

「手錠はめたままで尻の中、洗うのは大変そうだけど。やっぱり手伝った方がいいのかなあ……」

――くそバカっっ！　なんてことをっ！

いやにのんびりした俊広の声の調子とその内容に、内心でののしる。

もっとも、俊広なりの時間かせぎのつもりなのかもしれないが。

達生は素速くあたりを見まわした。

手錠をどこかに隠しておく必要があった。堀江だってトイレくらいは使うだろう。というって、このバスルームには手頃な戸棚などもない。

と、天井に目をやった達生は空調のパイプやなにかに通じる羽目板に気づいた。

達生は洋式トイレの上に足をかけると、そっとその板を持ち上げる。そしてその奥の方に手を伸ばしてタオルごと隠し、元通り板を落とした。

それから急いで、上のずぶ濡れのジャケットを肩からすべらせた。濡れているのでなかなか脱げなかったが、なんとか肘の下あたりまで引き落とす。

それで自由になった手首を隠し、ジャケットのおたがいの袖口を指先でつかむようにして、手錠がはまっているのと同じような状態に見せた。

それからやはり後ろむきで、シャワーを止める。

水音がとぎれたのに気づいたのか、俊広が半開きだったバスルームのドアを大きく開けてきた。

深呼吸してから、達生は一歩、外へ出た。

「水もしたたるイイ男、ってヤツだね、達生さん」

俊広が笑う。そして中のバスタオルを一枚とると、達生の頭から身体を服ごとごしごしとこすって、水分をとっていった。

くずれるような形で達生は俊広の腕に体重をあずける。

「おっと……」

俊広の力強い腕が達生を抱きしめ、何気ないように背中にまわした指が、ジャケットの下にもぐりこんで達生の指に触れた。

ちゃんとはずしたのか心配だったのだろう。

達生はその指に、一瞬だけ、指をからめてやった。

ハッとしたように、俊広も指を握り返してくる。

視線が合った。

俊広がほっとしたように小さく息を吐き、それから達生の身体をベッドへすわらせた。

ちょうど壁を背にする形で、後ろにまわした腕が……というか、引き下ろしたジャケットが不自然に見えないようにするためだった。

「……下を……はかせてくれ」

達生があえて弱々しく頼む。

「そのままでも、俺的にはグッとくるんだけどなー」

俊広が勝手なことを言うのに、それがわざとだと自分を納得させつつも、達生は眉をよせる。

俊広のこの調子に乗り方は、どこまでが「ふり」なのかわかったものではない。

それでも自分がはぎとったズボンを、俊広はベッドにすわった達生の足からはかせ、いったん立たせて腰まで入れると、きちんと前を止めてくれた。

「あったかいからシャツはすぐに乾くかな」

一人でつぶやきながら、俊広が堀江に向き直った。

「着替え持ってきといた方がいいっすか？」

「いや、必要ない」

あっさりと堀江は言った。そして俊広に向かって軽く銃を握った手をふる。

「こいつを持って、もう降りていいぞ」

どうやら、達生がシャワーを浴びている間に食事を終えたようだった。

へーい、と俊広が緊張感のない声で返事をする。

「他に何か用はないっすか？　あんたには結構、いいことさせてもらったし――」

と、俊広がちろりと意味深に達生の方に視線をやってから、再び堀江に向き直る。

「俺にできる範囲でゆーずーきくことなら、多少はなんかしますけど？　ま、逃亡の手伝いまではできねーだろーけど」

俊広のその律儀なんだか、子供なんだかわからない申し出に、堀江は苦笑いした。

これが堀江を油断させよう、という計算があってのことならたいしたものだ、と達生は思う。もっとも俊広の場合、単に天然ともいえる。

「そうさな…、また頼むことがあるかもしれん。連絡をいれるよ」

俊広には、思わず相手が気を許してしまうような雰囲気があるのだろう。やはり裏表のない、まっすぐな気質が透けて見えるのだ。

――まっすぐすぎて、時に暴走するのが困りものだが。

空《から》の食器を乗せたトレイを片手でひょいと持ち上げてドアのむこうへ消えた俊広の大きな背中に、達生はそっとため息をついた。

17

俊広が去ったあと、堀江は椅子にすわったまま、マジマジと達生を眺めまわした。

「なかなか可愛いボウヤじゃねぇか……」

「あいつはただのバカだ」

堀江が評するのに、達生はいくぶんかの腹いせもこめて、吐き捨てるように言った。

それに堀江がくっくっと笑う。

「あれだけ一途《いちず》に思ってくれりゃ、男相手でも本望ってもんじゃねぇのか？」

それに達生は答えなかった。

「あんたは男の方が好きなのか？」

聞かれて、ちょっと達生はとまどったが、それでも、ああ、と低く答えた。

嘲笑している、という堀江の口調でもなかった。が、彼は続けて言った。

「なるほどな。で、年下の男をうまくたらしこんだってわけか」

「ち…ちがうっ！」

思わずうろたえて叫んだ達生に、にやりと堀江が笑う。

「女は若い方がいいが、男も若い方がいいのかねぇ…？」

達生は無言のまま、顎を撫でる堀江をにらんだ。

しかし堀江はそのきつい視線にもかまわず、相変わらずからかうような口調で言葉を続けた。

「俺は男にはまったく興味はなかったが……ちょっとそそられたかな。あんたは、なかなか色っぽかったよ。一度男も試してみようかという気にさせられたね」

達生は思わず目を見張った。

「ハッハ…、そんなにおびえなくてもいいさ。安心しろ。俺はあのボウヤが結構気に入ったんでね。できれば、あんたは無事に返してやりたい。……ま、それもあんた次第だがな。俺はもともと温厚な人間なんだが……、へたに怒らせせんようにおとなしくしててくれよ」

最後の言葉だけは、冗談ではなく、強い威圧するような視線でじっと返された。

達生はその目を見つめ返したまま、静かに言った。

「……おまえ、その金を持ち逃げしたら、警察と組関係と両方から追われることになるんだぞ？　逃げ切れると思ってるのか……？」

ハハハ…、と堀江が乾いた声で小さく笑った。

「そうだな……、確かに難しいかもしれん。だが勝算もなくやってるわけじゃない」

淡々とした口調は、言葉以上に自信をうかがわせる。

「俺はもともと、組の人間じゃない。おまえも知ってるだろうが」

「おまえは殺し屋だ」

男を見上げたまま、端的に達生は答えた。

「もっとお上品に専門職と言ってほしいものだな。アンケートにはそう答えるようにしている」

片頬で堀江が笑う。ユーモアのセンスのあるヤツだ。

「まあ、組の構成員が金を持ち逃げでもすりゃ、そりゃやつらも血眼《ちまなこ》になって探すだろう。やつらの何よりも大切なメンツってやつにかかわるからな。だが俺の場合は、いざとなったら『報酬』でいいわけがつく」

「五千万の報酬か。たいしたもんだな」

達生が薄く笑った。

「しかも仕事半分だろう？」

おそらくは健司の口を封じることがもう一つの「仕事」だったはずだ。

「俺の仕事は、受け渡しが終了した時点から発生する。だからその仕事は俺の手に渡る前に消滅したということだ」

堀江は軽く肩をすくめてあっさりと言った。

「……まあ、これがやつらから受けた初めての仕事というわけじゃない。ボーナスと思ってもらっておくことにしたのさ。ちょっとばかり俺もまとまった金が必要でな」

「海外へでも逃げるつもりなのか?」

その問いに、さあな、と堀江がとぼける。

「――まあ、連中もこの先、俺が必要な状態になれば、水に流してくれるだろうさ。それが『専門職』の強みでね」

それだけの「プロ」だという自信が、この男にはあるのだろう。

「連中がおまえを必要になる時まで、おまえが逃げ延びていられたらな」

「そういうことだ」

達生の言葉に、堀江はあっさりとうなずいた。

それから達生は黙ったまま、内心でタイミングを計った。

チャンスはあるはずだった。堀江は達生が手錠をはずしたことを知らないのだ。両手が使えないと思っているだけに油断も生まれるだろう。

堀江はゆったりとサーバーのコーヒーをカップに注いで、タバコに火をつけた。

銃はテーブルの上だ。銃から手は離れていても、さすがにほんの一秒で指のかかる場所だった。

うかつには動けなかった。

と、もう一度、携帯が鳴った。

「おう…、着いたか。今どこだ？」

堀江は手元の灰皿でタバコを消した。

「すぐそこだな。五分くらいか？　今からずっと携帯は入れっぱなしにしとけ。……ああ、そうだ」

ちらり、と達生に視線をやってから、堀江がうなずいた。

どうやらそろそろ仲間が到着するらしかった。達生は内心、あせった。このホテルから堀江を外に出したくはなかった。

「マトリには手出しはさせねぇ。玄関前につけろ。エンジンはかけっぱなしで、おまえは降りずにそのますわってるんだ。こっちから行く。……ああ、ちょっと待ってろ」

堀江はいったん携帯をテーブルにおき、内線の受話器に持ちかえた。

「……ああ、俺だ。さっきのねーちゃんか。よく聞け。今から俺の仲間が車で玄関先に乗り入れる。道を開けて、誰も近づくな。玄関のドアも開けておけ。こっちはずっと仲間と連絡をとっている。ヤツに変なマネをすればこっちの人質の身に関わるということを覚えておくんだな。……それから、車が着いたらポーターにさっきのにーちゃんをよこしてくれ。荷物がある」

その最後の言葉に、思わず達生は顔色を変えた。

「もう俊広は必要ないだろうっ！」

返事も聞かずに受話器をもどした堀江に、達生はかみついていた。

それに堀江がにっと笑った。

「心配なのか？　別にあいつをどうこうしようと思ってるわけじゃないさ。車まで荷物持ちがいるだけだ。そのバッグのな」

と、もう一つのベッドの上に転がっている、現金の入ったカバンを顎で指した。

「おまえは持てねえし、俺はコレとコレで両手がふさがっちまうんでね」

コレとコレ、と堀江は左手の携帯電話、そして右手の拳銃をひょいとおどけるように持ち上げて見せた。

「ボウヤのことより、あんたは自分の心配をした方がいいんじゃないのか？」

そうつけ足して、堀江は伸びをするように身体を伸ばし、腰を持ち上げた。携帯をテーブルに残したまま、ベッドの上のカバンを開けて、中味を確認する。

そんな自分をじっと見つめる達生の厳しい目を意識はしているのだろう。しかしその素ぶりは見せず、堀江は達生の前を通り過ぎて、バスルームへと入っていった。

――チャンスだった。

用心のためか、ドアはやはり半開きというところだ。

それでも堀江の姿が視界から消えた瞬間、達生はベッドから立ち上がった。

肘のあたりまで落としていた上着を必死に引っぱる。湿っているせいで肌に張りついて、おそろしく脱ぎにくかった。

それに思いのほか時間がかかってしまって、トイレを流す水音に達生はハッとした。

まずい、と気があせる。

達生は素早くバスルームの横の壁にぴったりと背をつけて、息を殺した。

しかし、それからさらに水音がして、どうやら顔でも洗っているようだった。

達生はその間に、脱いだ上着の片端をきつく右腕に巻きつける。他に武器といえるものはなかった。

そしてドアが大きく開いて、黒い陰が目の前をよぎった……その瞬間——。

完璧なタイミングで、達生は踏みこんだ。

……はずだった。

が、ムチのように鋭くふり下ろしたジャケットは、堀江の目の前で空を切った。

堀江がドアを開けたところで、軽く上体を後ろに引いたのだ。

明らかに意図した動きだった。

「え……⁉」

勢いがついていただけに、達生は体勢を立て直すことができなかった。

そのまま身体が泳ぎ、倒れるのを防ぐために足を前に踏み出したところで、ジャケットのむこう端が逆に強い力で引きずられ、達生はつんのめるようにそのまま前へ倒れかけた。

「ぐ…っ！」

そして次の瞬間、腹をものすごい衝撃が襲った。

意識がにごる。

そのまま放り投げられるように身体が自分のコントロールを離れた。

ドンッ…！　という重い痛みが、背中いっぱいに走る。

俊広が飾り暖炉の前まで持ってきていた椅子に全身がぶつかり、それを弾き飛ばして、暖炉の正面を飾るごつい石に頭をぶつけていた。

「う…っ！」

そのまま床へたたきつけられ、達生はふせったまま激痛にうめいた。

それでもようやくぞろりと上半身を表向けると、達生はゆったりとむかいのベッドの端に腰を下ろした堀江を……その手の先で黒く光る銃口を見た。

目に何かが沁みて、無意識に顔をぬぐった指先が赤く染まる。どうやら、こめかみのあたりを暖炉の角で切ったらしい。

「……どうして……」

わかったんだ……？

達生はようやくそれだけをうめくようにつぶやいた。

明らかに、堀江は達生の動きを読んでいた。

タイミングに問題はなかった。

堀江が軽く眉を上げて、唇の端で笑った。

「タオルが一枚、足りないのに気づいた。俺はこれでも細かいことにこだわるタチでね。思わず探しちまったぜ」

ジャラ…、とタオルごと、手錠が床に投げられた。

それに達生は大きく目を見開く。

そしてきつく唇をかんだ。悔しい、というより、自分のうかつさに腹が立った。

数枚あったタオルの中の、小さな一枚だ。気づくとは思わなかった。

だがせっかく――俊広が危険をおかしてまでチャンスをくれたものを……！

それを思うと、どうしようもない自分への怒りで胸がいっぱいになった。

堀江が床で光る手錠を足でもてあそんで、ジャラジャラと音を立てる。

「……まったく、信じられねぇな。鍵はどうやって渡したんだ？　ヤッてる最中か？」

そのいやらしい言い方に、達生はカッと赤くなる。

思い出したのだ。どこに――鍵を入れられたのか。

「なぁるほどな……。ひょっとして、尻の中に入れたのはボウヤのモノだけじゃなかったってワケか……」

しかし堀江は鋭くそれを悟ったようだった。

「まったくたいしたもんだ。今まで受け渡しにそんな方法があったとは、思いもよらなかったぜ。一つ勉強させてもらったよ」

なかば感心したように、堀江がつぶやく。

「あのガキも、あれで結構なタマだったわけだ……」

ふむ、と自分の中での俊広のイメージを修正するように、軽く堀江が顎を撫でる。

と、そこへノックが響いた。

「――あのー、車、きましたけどー」

間延びした俊広の声。

ハッと二人は同時に戸口へ視線を走らせた。

……あの、バカ……っ！

達生の中で、一気に血が下がった。

「はいりまーす」

中がどういう状況かもわからずに、俊広は先ほどと同様、脳天気にドアを開ける。

「バカ……っ、くるなっっ！」

駆け引きも何もなかった。反射的に達生は飛び出していた。

「おっと……」

しかし素速く堀江も動き、達生が立ち上がりかけたところで、腹にもろに膝げりがくる。

のけぞったところで容赦なく殴られて、達生の身体はさらに暖炉わきの壁へたたきつけられた。

「う…っ！」

目の前に火花が散り、一瞬、ブラックアウトする。

吸いこまれそうになる意識をなんとかとりもどしたのは、俊広の叫び声だった。

「――た…達生さん……っ！」

「そこで止まっとけよ、にいちゃん」

床に倒れたままだった達生は、頭上に銃口があたるのを感じた。

息が止まる。

蒼白な顔で俊広も戸口で立ちすくんでいた。

「達生さん……っ」

悲痛な声で、俊広がもう一度叫んだ。

「ずいぶん楽しいことをしてくれたじゃないか」

しかし俊広には、そんな堀江の皮肉も耳に入っていないようだった。

泣きそうな顔でじっと達生を見つめて、……その頬を流れる血や、痣や、くずれ落ちた姿に呆然としている。

そして、次の瞬間――

キッ、とものすごい形相で堀江をにらんだ。

「こ…のやろう……っ！」

「──俊広っ！」

達生の制止も間に合わない。というより、聞こえてはいないのだろう。

猛然と、ラグビーのタックルさながら俊広がつっこんできた。

「なに……っ⁉」

突拍子もないその動きに、一瞬、堀江の反応が遅れた。

低い体勢から、俊広の身体が堀江にほとんど体当たりを食らわす。

堀江はあやうく正面から受けるのをかわしたが、それでもバランスをくずして倒れかかった。

「クソッ…、てめぇ……！」

さすがの堀江も冷静さを失っていた。

「達生さんに何しやがったっ⁉」

かわされた俊広がさらにがむしゃらに向かっていく。相手が手にしている銃など、目に入っていないに違いない。

二人はテラスへの手前の窓際でもつれ合った。

俊広の拳が一度、堀江の顎に入るが、堀江の拳も俊広の顔面にヒットする。同時に腹もけ上げられて、さすがに重い俊広の身体もわずかに後ろへ倒れこんだ。

俊広も格闘技に近い激しいスポーツをしているが、堀江の方がケンカというものに対して場慣れしている。

達生はきしむ身体をようやく起こして、入り乱れる二人の背中に息をつめた。

銃はまだ堀江の手の中にあった。それがいつ爆発するのか――……。

その時、ハッと達生の脳裏に俊広の言葉が走り抜けた。

俺だけの……宝物の隠し場所――？

達生は自分の後ろをふり返った。

実際に使われることのない、飾り暖炉。

この隣の部屋は北欧スタイルの部屋だった。同じように暖炉がある。ちょうどこの部屋の暖炉と背中合わせに設置されていた。

そのおたがいの暖炉の中が、実は通じているのだ。

それを発見したのは小さな俊広だった。

通じているといっても、人が行き来できるようなものではない。両方から手を伸ばせば手をつなぐことができるくらいの、四角いスペースで、俊広はこの「秘密」を達生にだけ教えてくれた。

そして境のレンガの上に自分の宝物をつめた箱をずっと隠していたのだ。達生のあげた、小さなオモチャや何かを。

まさか、そこに……何か——？

這うように達生は暖炉へ近づき、思いきり腕を中へつっこんだ。

飾りに薪を重ねてある、その上の方。

固い感触が指先に触れる。つり下げられているようなそれを、達生は力いっぱいに引っぱった。

そしてふり返った、その時——。

——バーン——……！

と、耳をつんざくような爆音が、尾を引いて部屋いっぱいに反響した。

ガラスの破れる甲高い音も同時だった。

その瞬間、達生の心臓は、間違いなく止まっていた。

呼吸も止まったまま、動くことも、瞬《まばた》きさえもできなかった。

俊広が、窓枠に引っかかるようにあおむけに倒れていた。

床へ腰をついていた堀江がこちらに背を向けたまま、まっすぐに腕を伸ばしている。

その銃口から、小さく白煙が立っている。

やがて、ぞろり…、と堀江の背中が伸び上がった。銃を倒れた俊広に向けたまま、立ち上がって肩で大きく息をつく。

「……信じられねぇヤツだな……」

あきれたように、かすれた声でつぶやくのが聞こえる。

そしてその堀江がゆっくりとふり返った——その表情が達生と目が合った瞬間に凍りついたのが、達生にもはっきりとわかった。

「お…まえ……」

喉に引っかかるような言葉。

初めて達生に見せた、堀江の動揺だった。

と、次の瞬間、堀江の腕がふわ…っと動いた。それがほとんど無意識の状態で達生の視界にかかった。

あとは反射的な動作だった。

かまえていた分、達生の引き金を引く指が一瞬、早かった。

二度目の爆音は、それほど大きくは聞こえなかった。

達生の目の前で、堀江の身体が弾かれたように後ろに大きく流れ、同時に右手の拳銃が空に飛んだのがわかった。

壁に身体を打ちつけられるように、堀江が倒れこんだ。

右肩をきれいに撃ち抜いていた。

二発の銃声に、さすがに待機してはいられなかったのだろう。ドアから同僚たちが一気生はようやく我に返った。


にだれこんできた。

「――三瀬！」

どうしたっ、大丈夫ですかっ、というくつもの叫びの中にケイの鋭い声を聞いて、達生はようやく我に返った。

「俊広……」

かすれたその声は、自分の声とも思えなかった。

「俊広……っ！」

達生はまわりの目もかまわず、床に倒れた俊広にすがりついた。

「俊広……っ、俊広、しっかりしろっ！　おいっっ！」

なかばテラスへ落ちていた俊広の上半身を持ち上げ、渾身の力で揺すぶった。

ガラスの破片が身体からぼろぼろと落ちるが、そんなことにかまってはいられなかった。

――と。

腕の中で、俊広がパチッと目を開けた。

「俊広……っ！」

襟首をつかむ勢いの達生に、俊広がなかば呆然とした目を向ける。

「達生……さん……？」

「大丈夫か…っ⁉　ケガは…っ？　どこを撃たれたっ⁉」

叫んだ達生に、俊広は目をパチパチさせた。

「あ……、だ…だいじょうぶ……。あたってない、あたってない」

「俊広……？」

あたってない？

今度は達生の方が呆然と、俊広を見つめた。

「俺……銃声なんか初めて聞いたから……。びっくりして……腰が抜けただけ」

はは、はははは……、と強ばった顔のままで俊広が笑った。

「……おまえは……」

思わず達生の声が震えた。

怒り……なのか、安堵なのか。

頭の中が真っ白になるくらいだった。握りしめた拳もぶるぶると震えていた。

「ど…どういうつもりなんだっ！　どうしてこんな危ないマネをするんだっ！　なんで勝手に飛びこんできたりするるっ！」

「……ご、ごめん、達生さん……」

いきなり噴き出した、そのあまりの剣幕にただただたじろいで、俊広が頭を下げる。

――バカやろうっ！　なんでこんな時にノコノコ現れるんだっっ！

そんな思いでいっぱいだった。達生は今までの人生でかつてないほど、激怒していた。

「だいたいおまえはいつもいつも人に心配ばかりかけてっ！　少しはまわりを見て行動することを覚えたらどうなんだっ！　ただ突っこめばいいってもんじゃないだろうっ！」

一気にまくし立てた。

息が切れた。ゼイゼイと肩であえいだ。

そして――知らないうちに、涙が溢れていた。

叱られて、しょぼんとしていた俊広がそんな達生の様子に気づいて目を大きく見開く。

「達生さん……」

「だからおまえが……っ！」

「達生さん……？」

だから――いつまでも目が離せなくて。

達生は首をふって、思わず片手で顔をおおった。もう片方の手が、ぐっと俊広のシャツをつかむ。

「ごめん……達生さん」

俊広がそっとあやまってきた。

大きな手がシャツを引っぱるように握る達生の手に重ねられ、もう片方がおずおずと達生の髪にかかる。優しく撫でてから、両腕が背中にまわりこむ。

そして強い力でギュッと抱きしめてきた。

「ごめんね……」

小さな声であやまり続ける俊広の胸の中に頭をつけて、達生は今にも堰《せき》を切って溢れそうな涙を必死にこらえていた――。

※　　※

「私は両親とも、麻薬中毒患者だったんだ」

この日の夕方――、あと片づけをすべて終えて、達生の同僚たちも一足早く引き上げていた。

夕陽が海へと帰っていく。

昔、俊広と二人でこの海岸で日が暮れるまで遊んで、一緒に夕日を眺めながらホテルへ帰ったことを思い出す。

砂浜が赤く染まる時間がきれいで……なんだかさびしくて。

毎日一つずつ沈んでいく夕陽は、一日ずつ夏が終わり、達生がいなくなる日を数えるようでキライだ、と幼い俊広は言ってくれた。

自分の手をぎゅっと握っていてくれる小さな手の存在が、とてもうれしかった。

達生自身は……家族の誰からも必要とされない子供だったから。

温かく、家族の愛情をいっぱいに受けて育ってきた俊広と手をつないでいると、自分もその一員になれたような気がした。

——それを、自分の手で壊すことになるとは、思ってもいなかった……。

達生が、先を歩いていた。

半歩遅れるくらいで、俊広があとをついてくる。

自分の言葉に、達生は小さく笑った。

「……だからこういう性癖になったのかもしれないな。妊娠中に母親がストレスを受けると、子供がゲイになる割合が多いという説もあるしね」

「そんなの……関係ないよ。俺、達生さんが女の人が好きだったら困るよ。えーと…、達生さんは嫌なのか？　そのゲイだってこと」

「好き嫌いの問題じゃないからな。どうしようもないが」

そう言ってから、達生は小さく息をついた。

「ずっと小さい頃から……中毒になった時の両親のことを聞かされていた。だから、恐かったんだよ。いつ健司のタガがはずれておまえを巻きこむか……って想像するとね。私の父親が母親をむりやり引きずりこんだように。あいつが……健司が弟にそんなことをするはずはない、と思ってはいても、な。自己判断できなくなるのがああいう薬物だから……、本当にずっと恐かった」

目を閉じ、大きくため息をつくように、達生は吐き出した。

「……ごめんなさい。達生さんのせいじゃないのに……、俺、達生さんにヒドイことといっぱい言った。それにヒドイことも……した」

健司に叱られると、それがどれだけ正当なことでも跳ね返すくせに、達生に叱られると、どんなつまらないことでも俊広は素直にあやまっていた。

「確かにおまえは調子にのりすぎだったな」

あんなこともこんなことも、と……数え上げたくもない、生々しい記憶が達生の頭の中によぎって、思わず体温が上がる。

重々しい達生の言葉に俊広はしゅん…、となった。しかしすぐに上目づかいに恨みがましい様子で、俊広が口をとがらせる。

「だって、達生さんを助けるためだよ？　達生さんだって、仕事のためなら何でもするんだろ？」

思わず、達生はふり返った。

厳しく俊広をにらむと、俊広は首を縮《ちぢ》めて目を伏せた。

「……ゴメン。ウソだよ。そんなこと思ってない」

達生はそっと肩から力を抜いた。

昔と、変わらない。

かまってほしくて、達生の気持ちを確かめたくて。わざと叱られるようなことを口にする悪いクセ。

「……でも達生さんも……悪いんだよ」

ポツリ、と俊広が言った。

「俊広……」

「達生さん、このことを利用して俺をふってやろうと思ってたんだろ？　俺のこと、好きなくせに……ホントは俺のこと好きなくせに、俺と一緒にいちゃいけないとか思ってんだろ……？」

はっきりと真正面から言われて、達生は答える言葉がなかった。

その通り、だったから。

弟として見られなくなった以上、近くにいるべきではなかった。

俊広は、本当は男を相手にするような性癖ではないはずだ。幼い頃からの達生への気持ちを、とり違えているだけ――。

自分の性癖に、ほとんど開き直っている自分でさえ、今まで嫌な思いはたくさんしてきた。これからも数え切れないくらいあるだろう。そんな立場に、あえて俊広を引きずりこみたくはなかった。

達生は視線を逃すようにまた前を向いて、ゆっくりと歩き出した。

「ねぇ、どうして？　俺が年下だから？」

俊広の声が背中を追いかけてくる。

『タツキーッ、タツキッ！　待ってよ！　一緒に連れてってよ！　俺、早く大人になるからっ！』

休みが明け、達生が学校の寮に帰ろうとする背中を、バタバタと追いかけてくる小さな俊広の声が重なる。

だが、今の達生はそれに答えなかった。足を止めることもない。

昔なら、足を止めて俊広を待っていてやってもよかった。

だが、もうできない。してはいけない。

俊広を昔と同じ、何も知らない子供のように接することも。そして一人の男として……見つめることも。

何も答えない達生に、ぷっつりと切れたように俊広の声が聞こえなくなった。

いつの間にか、俊広が足を止めて自分を追いかけてこなくなっているのに、達生はしばらく行ってからようやく気づいた。

さすがに怪訝に思ってふり返った達生に、ため息をつくように俊広が言った。

「わかったよ……。達生さんの気持ちは、わかった」

二人の間には数歩分の距離ができていた。

そう、この距離が、必要なのだ──。

達生は思う。

遠くから見守っていられる距離がいい。劣情《れつじょう》が悟られないくらいの。近づきすぎて傷つけあう必要はない──……。

立ち止まったまま、俊広が静かに達生を見上げた。

その表情が、なんだかふっと、おとなびたように思えた。

「わかったよ。達生さんが……それが一番いいって思うんなら、そうするよ」

わずかにうつむいて、俊広がゆっくりとそう言った。

達生は一瞬、目を見張る。

その言葉を望んでいて──しかし、俊広がこんなに簡単にあきらめるとは思っていなかったから。

いや、心のどこかでは、子供の時のまま、ダダをこねて、俊広にずっとあとをついてきてほしいと……、そう期待していたのかもしれない。

そんな自分の気持ちを達生はあざ笑った。

ずっと手放したくないのは、本当は自分の方だ……。

きっと、いつまでも引きずってしまうのは、自分の方――。

「……わかったよ、達生さん。その代わり」

夕陽を背にした俊広の表情は、影になってよく見えなかった。

「俺のこと、好きだって言って？　そうしたら……あきらめるから」

「俊広……」

「ちゃんと好きだって言ってよ」

達生は口ごもった。

「達生さんのこと、いい思い出にしたいから。もう迷惑かけないから」

ねだるような子供っぽい内容で、しかし今までみたいにダダをこねるようなせがみ方ではなかった。

「ね…、お願い。別れるんなら……ちゃんと、恋人みたいに別れたいよ」

「俊広……」

達生は思わず顔を伏せた。

それでも少し考えて、達生は顔を上げる。

「俊広が好きだよ」

そっと、静かにそう言った。

涙が音もなく溢れ出していた。

だがこの距離で、まばゆい夕陽の中で、俊広に悟られることはないだろう。

「弟なんかじゃなくて？」

重ねて聞かれ、達生は一瞬、とまどう。

「大切な——弟だよ」

それでも迷った末、かたくなにそう答えた。

声が震えないように、必死に自分を抑えた。

たとえもう二度と会えなくても、何か絆《きずな》のようなものがほしかった。赤の他人ではなく、それが幻の絆でも。

ハア…、とため息をついて、俊広は肩をすくめた。

「……わかったよ。弟でいてあげる」

それから、何がおかしいのか、くすっ…と笑う。

「何でもいい。俺も達生さんが好きだよ」

小学生みたいな告白だった。

「ずっと達生さんのことが好きだよ」

俊広は穏やかにそうくり返した。

そして、バイバイ、と手をふった。

それは俊広からもらった、初めてのバイバイ、だった。

今までずっと、達生が帰る時は、拗《す》ねたように別れの挨拶をしなかったから。
それから俊広は、思いきるようにくるりと達生に背を向けた。
一度もふり返ることなく、俊広の姿は夕陽の中に消えていった。
もう、いつまでもあきらめ悪く追いすがってくるような子供ではない……のだ。
これでよかったのだ。
涙ににじみ、遠くなる俊広の背中に、達生はそっとささやいた。
さよなら、俊広。
俺も、ずっと好きだよ――――。

18

懲役三年——。

それが健司が受けた刑だった。

健司が服役中も、規模は小さくなったが、ホテルは閉鎖されることなく営業を続けたらしい。沖たち、残った古くからの従業員と俊広が母親を支え、母親自身、夫と息子が守ってきたものを今度は他に押しつけることなく、精いっぱい自分の手で守ろうとしているようだった。

とにかくやってみないと。泣いてるだけじゃ、なんにも進まないよ——、そう俊広に言われたと、半年ほどあとになって、達生は母親から手紙をもらった。

精神的にも落ち着いた様子で、達生はほっとしたものだった。

俊広にはあの日、海岸で別れたきり、会うことはなかった。連絡もない。

大学にもどり、また普通の、日常の生活を続けているのだろう。

自分のことはふっきって、新しい……恋人なども見つけているのかもしれない、と時折、達生は思い出す。

だがそれでいいのだ。

そして三年が過ぎた――――。

※　　　　　　　　　　※

夏がくるたび、あの海辺のホテルで過ごした中学や高校時代を思い出していた。
そして今では、春がきても思考があの海岸へ飛んでしまう。
気がつくと、耳元に潮騒《しおさい》が聞こえる。
そして背中から自分の名前を呼ぶ、もう……子供ではない、男の声が。
あれから三度目の春が巡ってきていた。
「なぁに辛気《しんき》くさい顔してんのよ」
また、ぼうっとしていたのだろう。

同僚のケイにショルダーバッグで背中をどやされて、達生はようやく顔を上げた。

「ああ…、おはよう」

出勤して、仕事を始める前のコーヒータイムだった。

「三十男の憂い顔も悪くないけどね。年度始めからそんなシケた顔じゃ、志気が下がって
しょーがないわ」

自分だって三十女になったクセに、相変わらずポンポン言うところは変わらない。

ごまかすように苦笑した達生に、ケイがふいににやりとした。

「──ま、そんなのんびりした顔をしてられるのも、あと数分でしょうけど」

その意味深な言葉に、達生は眉を上げる。

「どういう意味だ?」

ふふん、とケイが肩をそびやかす。

「さっき外で、あなたのココのシワの種を一つ、見つけちゃったわ」

ケイが指先で達生の額を突っついた。

「シワの種?」

「苦労するわね、あなたも」

妙な含み笑いで、ケイは自分のデスクに去っていった。

……なんだ?

と、怪訝に思いながらも、達生は残りのコーヒーを飲み干した。

そろそろ始業時間だった。

そこへ、ドアの開く音とともに、おはよう、という上司の声がかかった。

達生もあわてて、そちらをふり返る。

おはようございます、といっせいにみんなが戸口へ向き直ったその中で、達生は思わず、ガタン…、と大きな音をさせて椅子から立ち上がっていた。

自分の目を疑った。

「うちに新人が入ることになった」

そう言った上司の、その後ろから入ってきた男は――――。

「柚木俊広です。よろしくお願いします」

見覚えのある大柄な姿……その明るい笑顔に、達生は言葉を失った。

俊広は体育会系そのままに野太い声で挨拶すると、ガバッと頭を下げる。

そして顔を上げた時、俊広は達生の視線を受け止めて、いたずらっ子のようににやりと笑った――――。

「おまえ、どういうつもりだ！」

一通り挨拶が終わったあと、有無を言わさず、襟首をつかむようにして達生は俊広を屋上へ引っぱり出した。

——三年間、何の連絡も相談もなく、いきなりこれか⁉

まだ心臓がバクバクいっている。眩暈《めまい》がしそうだった。

「おまえ、ホテルはっ⁉　母親を一人で放り出してきたのか！」

叫んだ達生に、俊広は穏やかに答える。

「ずっと手伝ってたよ、俺だって。でもアニキ、帰ってきたしね」

健司がすでに出所したことは、達生も知っていた。服役中の状態も良好で、ずいぶん早く出てきていた。また一から出直すよ、とハガキが届いていた。

そうさらっと言われて、達生も言い返す言葉につまる。

見慣れぬスーツ姿の俊広が、またひとまわり大きくなったようでまぶしかった。

達生は軽く唇をかむ。

「……あきらめる、って……言ったくせに」

「あきらめたでしょう、俺？　あの時は」

俊広がにやっと笑った。

「あの時はむりやり追いかけても絶対ムリだと思ったしね。だから俺、出直してきたんですよ」

　俊広は悪びれずににこにこと笑いながら、達生に言った。

「あの時の俺はやっぱり子供で。あのままじゃ達生さんに迷惑かけるばっかりだって気づいたから」

「……そんな、いいかげんな気持ちで続く仕事じゃないぞ？」

　いくぶん厳しい調子で達生は言った。

「わかってますよ。俺だって、中途半端な気持ちでここに立ってるわけじゃありません。そのために大学、途中で転学したんですから。――でもね」

　俊広は静かな眼差しでじっと達生を見つめた。

「だっておかしいでしょう？　俺は達生さんが好きだし、達生さんだって俺のこと、好きでしょう？　離れなくちゃいけない理由なんてどこにもない」

「そ…そんなことで仕事を選ぶなんて……」

　達生は口ごもった。

「別にそれで選んだわけじゃない」

　静かに俊広は言いきった。

「達生さんはご両親のことがあったからこの仕事、選んだんでしょう？　俺もアニキのことをきっかけに考えたんですよ。それに」

俊広はじっと達生を見て言った。

「あの時、これがどれだけ危険な仕事かもわかった。達生さんだけを、自分の知らないところで危険な目になんてあわせられない」

「俊広……」

きっぱりと言った俊広から、達生はわずかに視線をそらす。

そして疲れたように首をふった。

「おまえ…、目を覚ませ。三十にもなった男を相手にそんな……」

「達生さん、恐いの？」

ふいに俊広がそう尋ねてくる。

「卑怯じゃない？　そんなことを言い訳に逃げるなんて」

達生は唇をかんだ。

「達生さん、ずっと逃げてばっかだもんな。このことに関してだけは、ずーっと昔から」

そう言われて、達生は答えられなかった。

俊広の言う通りだったから。

「何がダメなの？　俺が犯罪者のおとーとだから？」

「俊広…っ、それは違うっ！」

思わず達生は叫んだ。

「じゃ、俺が親友の弟だから？」

達生はまっすぐに見つめてくる視線から、たまらずに顔をそらせた。

「俺が八つも年下だから？」

たたみかけるように俊広は尋ねてくる。

そして答えられない達生に、くすっと笑った。

「違うよね。……達生さん、ずっと、兄弟でいることの方が安心なんだろう？」

静かにそう言われて、ハッと達生は顔を上げた。

「俊広……」

声が、震えた。

「兄弟だったら一生、家族だから？　恋人だったら、いずれ別れるかもしれないから？」

達生は思わず息を飲み大きく目を見開いた。

そこまで見抜かれていたとは……俊広に、そこまで自分の気持ちを読まれてたとは思わなかった。

――結局、すべて言い訳だった。

恐かったのか。悔しかったのか。八つも年下の男に……心をすべてあずけてしまうことが。

恋人になってしまえば、壊れた時に失うものが大きすぎて。すべてをなくしてしまうようで。大切な思い出も、遠くから想う気持ちも。

「意外と臆病なんだ……」

俊広が柔らかく笑った。

達生の知らない……、ずいぶんとおとなびた微笑みだった。

「いつも自信たっぷりに見えるのにな」

俊広の腕がそっと伸びてくる。大きな手が優しく達生の頬に触れる。

「絶対になくしたくないくらい、俺のことが好きなんだ？」

「とっ…俊広…っ！」

にやり、と笑って言った俊広に、達生は思わず顔を赤くする。

俊広が両腕をまわして達生の肩を抱きしめた。

「俺だってそうだよ？」

達生の腕の中で泣いていた少年は、月日とともに、達生がもたれかかることができるほどに成長していた。

「絶対なくしたくないし、絶対に捕まえるって決めてた」

こめかみのあたりに、俊広の触れる頬の熱が伝わってくる。

背中を抱く腕がさらに強くなる。

「今度捕まえたら、もう絶対に放さないって決めてる」

「……俊広……」

達生は俊広の腕の中で、大きく息を吸いこんだ。

懐かしい匂いがする。

海の香りと、砂の香りと。俊広の汗の匂い。

「絶対放さないから」

俊広が耳元で繰り返す。

目頭が熱くなった。

……ずっと、放さないで。

心の中で、そっとささやく。口に出しては言えないけれど。

それでも、それを言葉にするように、ぎゅっと達生は俊広の腕をつかむ。

「俺を見てて」

俊広が静かに言った。

「ちゃんと、目の前で俺を見てて。いつか達生さんから好きだって……、俺のこと、好きだって言ってもらえるような男になるから。そう言っても達生さんが恥ずかしくないくらいの男になるから」

その言葉に、達生はああ…、と深い息をついた。

——本当に大人に、なったのだ。

気持ちを押しつけるだけでなく、待つことができるほど。

「今はまだ、弟で我慢するから。でもすぐに恋人に成り上がるよ、俺」

自信満々に俊広が笑う。

それでも調子のいいところは相変わらずで。

「……勝手に言ってろ」

達生はいくぶんかの気恥ずかしさと、そしていくぶんかの見栄で、くるりと俊広に背を向ける。

「あっ、待ってよ！」

ずんずんと先に歩き出した達生を、俊広があわてて追いかけてくる。

どこまでも。どこへ行っても、きっと。

捕まるまで……もう、待つ必要はない。

温かい、大きな腕が、背中から引きよせるように全身を抱きしめてくる。

いつの間にか、自分がすっぽりと入ってしまうほどの大きな胸の中で、達生はそっと微笑んでいた――。

あとがき

こんにちは。クリスタル文庫では初めましてになります、みなみふうこ、と申します。

うっかり手にとってしまった方も、今までおつきあいいただいたことのある方も、何となく新しい気持ちで、よろしくお願いいたします、という感じです。

実はこの本が、私にとっては（おそらく）初めての文庫になりますので、なんだかドキドキしております。

さて。このお話は九九年に某誌で連載していたものですが、こうしてまとめてお目にかけることができて、本当にうれしいです。待っていて下さった方もいらっしゃるようで、遅くなって申し訳ありませんでした。連載分からはかなり加筆訂正を入れましたので、当時お読みいただいた方にも、もう一度見ていただければと思います。

最近の私の話からすると、またちょっと傾向が違うお話ですが（……書くたびに違ってるぞ、というツッコミはともかく）これもみなみの一面かと思っていただければありがたいです。いやまあ、本質的にはそう変わりませんので（笑）

年の差カップルの好きな私としてはとてもめずらしい年下攻めで、今までに三話しか書いたことがないのですが、現在のところ唯一の長編になります。なかなか貴重な一作ではないかと。若者は大変に元気がよくて、内容的にもめいいっぱい飛び跳ねてますので、いろいろとつっこみどころが満載かもしれませんが、どうか勢いで読んで下さいませ。そしてやはり、個人的に偏愛してしまうのはオヤジなのでした……。加筆部分の大半が、その愛ゆえ、という気も。げふごふ。このおじさまで一本書いてみたい気がムクムクとしてしまいます。いや、主役は若者なのですが。……ええ、私の中ではこれでも若い方……。

　幸せなことに、イラストの方は雑誌掲載時から引き続いて道原かつみさんにお願いできることになりました。当時いろいろとご迷惑をおかけしたにもかかわらず、文庫の方にも挿し絵をいただけるということで、本当にありがとうございました！　またこの二人の姿が見られるのが、すごく楽しみです。思い出しただけで頬が緩んでしまいます。

　編集部のみなさまにも、このたびは本当にお世話になりました。初文庫、という貴重な体験をさせていただきました。今後とも、よろしくお願いいたします。

　そしてこの本を手にとっていただいたみなさまにも、最大最上級の感謝を。気に入っていただけるとうれしいです。どうかまた、お目にかかれますように——。

　五月　今年は早くも雨雨雨……。でも紫陽花には似合うかな。

水壬　楓子

CRYSTAL BUNKO

ミッション

C-58

著者　水《み》壬《なみ》楓《ふう》子《こ》

発行者　深見悦司

発行　光風社出版株式会社

〒112-0005 東京都文京区水道1-8-2
電話 03(5800)4451

発売　成美堂出版株式会社

〒112-8533 東京都文京区水道1-8-2
電話 03(3814)4351
FAX 03(3814)4355

印刷　大盛印刷株式会社

ISBN4-415-08838-4